生命的浮影

跨世代散文書旅

石曉楓——編著

目次

世界就在眼前
——讀《生命的浮影：跨世代散文書旅》

◎凌性傑（詩人、作家）

每當讀到一篇精采的書評，我心底總會不自覺浮現蕭煌奇〈你是我的眼〉的歌詞。歌詞裡說的狀態，正好就是那種最理想的閱讀體驗：「你是我的眼，帶我閱讀浩瀚的書海。因為你是我的眼，讓我看見這世界就在我眼前。」如果說一本書就是一個世界，那麼透過旁人的眼睛看世界，或許可以刺激自己走出侷限，對這個世界能夠有多一種理解的方式。對我來說，理想的書評文字除了善盡批評的責任之外，更重要的是打開一扇神祕的窗戶，讓生命的風景凝縮在讀者眼前。

閱讀與理解，是文學研究的核心項目，也是語文教育關鍵課題之一。我一直持續關注著石曉楓老師的書評與論述，從中獲得許多啟發。她對創作的見解、對文本的剖析，總是帶給我滾滾泉源，激盪著我的創作。私下邀約談譙，我維持多年不變的習慣，稱呼她學姊。她真的就像一個姊姊那樣，不時給予溫暖的關懷。當年我準備考研究所，為了產出研究計畫而備感焦慮，多虧她出手點撥，讓我不致徬徨歧路。近幾年，杯盞交錯之際，我們盡情傾吐生命這門功課，閒話讀書心得，並且對一些作品給予評價。那樣的情境充滿理解的快樂，可以毫無掩飾、毫無顧忌地討論文學。與她合編《人情的流轉：國民小說讀本》時，尤其感到愉快。因為那個過程中，總是充滿美好的發現。

為了教學需要，我常借助石曉楓老師的論文來解析文本。《狂歡之聲與冷酷之眼：文革小說中的身體書寫》、《兩岸小說中的少年家變》系列著作，使我更能貼近小說的真與幻，進行意義的考掘。現當代小說的眾聲喧譁、小說中的傷痛與成長，在石老師條分縷析之下，益發顯得親切可感。她的新作《生命的浮影：跨世代散文書旅》是一本聆聽之書，也是一本對話之書，並且在聆聽與對話之中寄託了自身的關懷。透過書評文字，石曉楓老師與二十位散文家對話，在討論作品的過程一併揭示了散文美學。如她所說：「手藝人的勞動，是來源於生活與經驗的技能展現，文學自然也是一門來源於生活與經驗的手藝，它乏味日常，卻最能彰顯實相。」

《生命的浮影》正是一部這樣的作品，以評論、欣賞的筆調引介當代重要散文家，也以深邃、睿智的眼光望向人生幽深之處。我很喜歡《生命的浮影》全書的架構，石曉楓老師的論述與當代散文名家作品選錄並陳，形成非常有意思的對話。每一回的對話關係，都像是一門精采的散文課，我們既可以欣賞到散文家的創作成果，也可以依循著石曉楓老師的理解脈絡去發現散文之美。這本書讓我們看見散文創作的至情至性，而生活的真實、生命的真實竟在文字中化為浮影。實相與浮影，同樣地扣人心弦。我們或許可以藉此理解：散文的藝術如何迎向日常生活、如何直面人生？

就語文教育而言，《生命的浮影》也是一本實用的書。

語文的學習需要日積月累，需要下工夫練習才能精熟。不管在哪一個國家，本國語文一定列為國民教育的核心課程。因為，理解與表達的能力，關係到一個國家的人民如何認識自我、如何與他人對話溝通。語言文字不僅是人際溝通的工具，更是我們探索意義世界的關鍵。語文能力之優劣，直接影響到國力。民主社會若要有深刻的對話溝通，必須先讓國民的「聽、說、讀、寫」變得愈來愈優異。想要提升閱讀理解與書寫表達的能力，除了仰賴學校教育，我認為還要有一系列的課外讀本，提供更多自主學習的機會。這就是規畫「中文好行」書系的初衷。

在這個書系裡，有美麗的文字風景，也有迷人的意義路標。書系裡的每一本書，可以用作自主學習，也可以做為共同學習討論的讀本。這一套書編選的起點與定位，是提供正道大法，讓國、高中階段的青少年精進語文能力，與所有讀者分享閱讀的樂趣。擁有學習動能的生命，不會枯竭無趣。透過不斷學習讓生活變得更有趣味，也是我們現代人的重要課題。

《生命的浮影》兼具散文創作之美與文學評論之真，讓我們看見世界就在眼前，在理解世界的同時加深了自我認識。石曉楓老師以深情之眼讀散文，在不同世代、不同性別的作家身上發掘出生命的多種樣態。因為真誠，所以動人，這便是《生命的浮影》所帶來的閱讀享受。

輯一

傳來深海的女聲

傾聽與交談間的節制深情

——林文月《人物速寫》

一九九七至二〇〇三年，林文月以數載光陰書就散文九篇，追記生命歷程中與他人的際會因緣，集結成《人物速寫》。在〈致M.N.——代跋〉文中，她自言「文字，雖然也書寫在平面的紙張上，形象之外又可狀音聲記語言，與平面畫布上的繪畫相比，更多一些可以揮灑的質素。」林先生在本書中，確實將文字的功能運用到了極致：人物描繪的細緻直如工筆畫，言談凝睇間情態宛然、韻致盡出；情調的典雅則一如往昔，其中〈A.L.〉文描述母女同訪弗洛倫斯老金工店的所見所感，尤為此種美感的極致呈現。此外，精巧的結構布局、氛圍的鋪陳渲染，亦向為作者所專擅，觀諸〈L.〉文裡寫布拉格查理大學客座的學者生活，和煦的陽光終章瀰漫，那不但是布拉格的晚春情調，亦是系主任L所透顯出的個人氣質。作者以季節襯托人情風味，物我交融、渾然無跡，直臻散文書寫之至境。

本書較涉私情的書寫，是兩篇與死亡有關的散文，〈C.〉文寫父親病榻前的輾轉、〈J.〉文寫丈夫之辭世。痛失至親之慟，在林先生筆下亦轉化為節制的深情。林先生藉由與C大夫的對談，托出「談死亡，未必浪漫，也並不哲學」的感慨；而家庭訪問護士J的造訪及對談，則帶出回憶場景及生者對於逝者的懷念，主從人物的烘托穿插間，見出平靜而壓抑的哀傷，情懷特別動人。相較之下，〈G.〉雖以清晰的陳述交代友人身世，但行文間感情便稍有隔膜；〈F.〉文對於F教授的追記，亦以記錄成分居多，筆力稍嫌薄弱。

我以為全書最為精采的篇章，是鋪陳女性心跡的〈A.〉及〈H.〉二文。〈A.〉文縷述A女士與H教授三十年間的男女歡愛，是林氏在題材上少見的大膽嘗試，然而即使描繪激越的出軌私情，林先生亦能以典麗的筆法出之；而於典雅的敘事中，又有高潮迭起的情節展現，全文充具小說情味。至於〈H.〉則是與文學人物樋口一葉的虛擬交談。做為文學知音，林氏以對話方式代作者發言，也羼入譯者的個人意見，其間關涉乎感情生活部分，她以女性的細膩情思體會揣摩；言及作品的優劣，則以文學的敏銳心眼評點鑑賞，通篇話題承轉自然，而收束於秋陽淡淡的虛實光影中，更將樋口一葉的幽微氣質，以及兩人超越時空的對談，烘托得情韻綿邈。

旁觀、傾聽、描繪，是作者為文的路數；惜情、溫婉而體恤，則是其行事的一貫作風。全書所寫人物多中年入老之境，所論課題則觸及身世、愛情、死亡等人生的宿命與無奈。林氏以眾生悲歡輻輳出大千世界種種面貌，其間或有遺憾與悲傷，但沿途的生命風景仍不失其美好；因為有情，因而更值得記取珍惜。在人情的顧念方面，本書承繼《飲膳札記》，而其以文擬畫的筆法則追蹤《擬古》，允為林氏散文風格的圓熟之作。

C

◎林文月

父親去世倏忽已竟六年過去了。每當我緬懷父親的同時，很自然的也會想起C大夫和他曾經與我說過的話語。

父親原來是一位勤毅而生命力極強的人，但晚年因為糖尿病引起的血管阻塞而致腿部下半段壞死。兩個月之內鋸除膝蓋下方的左右雙腿，保留了生命。九十高齡而施行嚴重的手術，居然得以繼續生存五年，不得不歸功於現代醫術的高明，但父親強烈的求生意志隱隱然也是一大原因；只是繼續存活的那五年，失去雙腿下半截的父親，無法行走，無法自己坐起，一切仰賴於他人，而在最後一年裡，他甚至多時是緊閉眼睛沉睡不醒的。

那五年之中，我雖然無法親自照料病中的父親，但幾乎每天都到醫院探望，遇有狀況發生時，則又日趨多次。

C大夫是父親的主治醫師。我時常在病房中不期然遇見晨昏必來巡視父親病情的C大夫。那一間病房並不寬敞，除了病床、桌櫃、電視機，和一張晝做沙發椅、夜供護佐休憩用的長椅外，便只有兩張高靠背的簡單木椅。護佐坐在桌櫃邊那一隻椅上，我通常就坐在靠窗的另一隻陪陪父親。C大夫進入病房內，我一定起立表示敬意和謝忱。病人及病人的家屬對於醫生和護士的感激之情，總是由衷而自然的流露出來。C大夫對父親的熱心關懷，尤其令我敬重。他的家在醫院附近步行五分鐘的距離，即使週末假日，他也會抽空穿著便服來探望他的病人。

C大夫和我夾著病床對立的次數，實在難以計數。

初時，他對我談說的內容，總不免圍繞著父親的病況，諸如體溫、血壓、血糖如何如何，以及如何治療等等問題。我唯唯恭聽，常常感覺有一種無奈在心頭。那體溫、血壓和血糖等等代表生理狀況的指數起起落落，往往是今日和昨日無甚差別，此月與上月亦情況相仿。C大夫重複講述類似的話題多次以後，大概也覺得有些疲憊的吧。在父親的病情穩定但無甚進展的時候，他偶爾也會談說一些其他的問題。

「我年輕的時候，常常很驕傲。覺得做為一個醫生救治了許多病人，讓他們回復健康的身體，是很了不起的事情。」

說此話時的C大夫，雖年近古稀，雙鬢華白，但面色紅潤，身材高挺，談吐溫文儒雅。

「可是，近年來，我往往感到自己的能力有限。許多事情似乎不是那麼有把握。」

他把視線收回到病床的中央。那個部位的白色被單底下忽然下陷呈平坦，父親的身體只餘原來的三分之二。

有時候，在例行的檢驗完畢後，C大夫並不說什麼。他只是站在病床的另一邊默默與我相對，悲憫地陪著我俯視沉睡似若嬰孩的父親，口中喃喃：「怎麼辦？怎麼辦？」

怎麼辦呢？高明的醫術保留了父親的生命，但是父親還是失去了許多許多。包括外形和精神，父親變成了我所不認識的人了。

有一次，於例行檢驗後，C大夫竟然神情悲傷地問我：

「人，為什麼要生呢？既然終究是會死去。」這樣的話語忽然出自一位資深的醫生，不禁令我錯愕，猝不及防。我一時覺得自己彷彿是面對課堂上一位困惑不解的學生，需要回答一個非常艱難的疑問，遂不自覺地道出。

「其實，不僅是人會生會死。狗、貓也一樣的。」

「那狗、貓為什麼要生？既然會死。」

「不但狗、貓。花草也一樣會生死。」

「花和草為什麼要生？」

這樣的推衍似乎有些遊戲性質，但我記得那個夕陽照射入病房一隅的下午，C大夫和我的語氣及態度毋寧皆是嚴肅且認真的；我也沒有忘記當時我忽然懷疑陶潛詩：「天地長不沒，山川無改時。草木得常理，霜露榮悴之。謂人最靈智，獨復不如茲。」露使榮之草，並非霜令枯去的草。所以春風吹又生的草，也必然不是野火燒盡的草；所以歲歲年年花雖相似，畢竟今年之花非去歲之花。生命的終極，不可避免的，是死亡。

那個黃昏，在父親的病榻兩側進行的短暫會話，令我得以窺見更為完整的做為一個人的C大夫。

其實，在醫院的走廊上或診療室中穿著白色外衣的C大夫，依舊是高而挺，充滿信心的樣子。而春來秋去，父親的身體賴醫療設備與藥物控制，持續某種程度的穩定，不過，我們都知道難以避免的事情埋伏在前方。

C大夫依然忙碌著，關懷著他的眾多病人。他原本微微突出的腹部，竟因稍稍消瘦而顯得更為挺拔，整個人看起來也似乎顯得年輕有精神。

然而，不出兩三個月，我從照料父親的護佐處獲悉，C大夫忽然告知，他不能再為父親看病了。原因是他自己有病。

C大夫有病？真令人意外。究竟他是什麼病？只是匆匆告知護佐，而不及向我們家屬解釋就請假了呢？醫院各樓裡謠言紛紛。C大夫似乎得了什麼重症。

在我誠懇而熱烈的要求下，那一樓的護士長告訴我：「他發現自己是末期胃癌病人。」護士長紅著眼眶說。她也是C大夫關心提擢的晚輩之一。

父親在住院前後都蒙受C大夫仔細照料，我們家屬對於發生在C大夫身上的事情，於情於理都應當表示關切，遂由我代表兄弟姊妹去探望。初時，C大夫婉轉拒絕，在電話裡尚且故示輕鬆道：「我還好啊。還能隨便走動，跟前陣子你見到的沒什麼不一樣。」然而，對我個人而言，C大夫不僅是父親的主治醫生，透過幾次談話，他似乎已經是我年長的朋友了。也許，C大夫也認為我不僅是他照拂的病患的親屬，也像是一個朋友吧。他終於答應：「但是，不要來我家。到我家隔壁的咖啡館見面吧。我還沒有那麼嚴重！」說完，他甚至還輕笑。

從外表看來，C大夫確實與兩個月以前在醫院見到的樣子沒什麼大異。穿著休閒便裝的他，依然十分精力充沛。

「我看起來像個病人嗎？你說，我像癌症末期病人嗎？

「那天休假，去打了一場球。平時輕而易舉的運動，不知怎的，到了最後一個洞，怎麼也沒有力氣揮桿。勉強打完，回家累得不得了。我這人，從不知累的。兒子是腸胃科專家，他勸我應該去檢查，照個透視片子。

「哪知道，隨便照照的片子，我一看，愣住了。我自己是醫生，清清楚楚的，是胃癌，而且是末期了！

「可真是奇怪，怎麼一點也沒有跡象呢？」

我坐在C大夫對面，聽他近乎自言自語的許多話，不知說什麼好。

「我並不怕死。自己是個醫生，我醫好病人，也送走過不知多少病人。反正，人生就是這樣。有生，就有死。」

C大夫反倒像是在安慰我，而我竟無法像前時談論死生問題那樣子雄辯，面對著一位自知生命有限的人。

「只是，我近兩天看著我內人，想了很多事情。我走了，她怎麼辦？」他說到這裡，聲音變得低沉。

「昨天，孫子從國外打電話來。我實在忍不住了。」C大夫終於哽咽起來。

咖啡館裡有流動的輕音樂，鄰座的年輕人正愉快談笑著。我覺得不宜久留，便提議離開。臨走時，我送了一枝外觀精美的原子筆和一本筆記簿給C大夫；心裡想著，也許兼具一位醫生的智慧和一位病者的感受，他可以記一些事情。

C大夫敏銳地察覺到，他大聲笑說：「哈哈，我可以像你那樣子寫文章了。」他伸手向我道謝，那手掌有力而溫暖。

我第二次去探望C大夫，約莫是一個多月以後。與護士長同行，直趨醫院附近的府邸。C大夫和他的太太在客廳裡和我們坐談。客廳裡溫暖的色調及兩位主人穿著的明亮彩色衣服，反而顯出病人的憔悴；C大夫比我前時在咖啡館內所見消瘦許多，頭髮稀薄，可能是接受藥物治療的緣故，連鏡片後的眼神都黯淡缺乏往日的光彩。

兩位主人輪流地敘說著病情和近況。他的太太故作鎮定的言辭中，隱藏著深深的憂慮。C大夫的聲音倒是不減往日的精力，只是他談話的內容竟全不似一位資深的醫生口吻，而令人感到眼前坐著敘述病情的只是一個普通的病人。護士長在談話間隔中偶爾投注於我的目光，似乎也表示與我有同感。那種感覺很奇怪，彷彿是同情悲憫之外又有些許失望吧。

「你送我的筆和本子，原封不動在那兒。我什麼也沒有記。一個字都寫不出來。」送我們到電梯口時，C大夫對我說；而當時我幾乎可以預料到如此。

其後一段日子，纏綿病榻長達五載時而平穩時而危急的父親陷入昏迷之中。兄弟姊妹都趕回病榻旁。深秋的一個夜晚，我們輪流握父親的手，看他平靜的過去。九十六高齡的父親，太過衰弱，以至於走得極為安詳。

越一月，而收到C大夫的訃聞。

護士長告訴我，C大夫維持了最後的尊嚴。他在父親病房的那層樓偏遠一間過了最後的一段時間。除家屬外，不許任何訪客進入，即使醫院的同僚。而唯一照料他的人，便是護士長。她說：「C大夫自知沒有痊癒的可能，除止痛藥劑外，幾乎拒絕一切治療和營養的藥物。」

人為什麼要生呢？既然終究是會死去。

有時，忽爾想起C大夫說過的那句話，真是十分無奈。而今，我比較清楚的是，死亡，其實未必浪漫，也並不哲學。

● 作者簡介

林文月

一九三三年生，臺灣彰化人，誕生於上海日本租界。臺大中文所碩士，後赴日就讀京都大學人文科學所，曾任教於臺大中文系，並曾擔任美國華盛頓大學、史丹佛大學、加州柏克萊大學、捷克查理斯大學客座教授。現為臺大名譽教授。通曉中、日文，翻譯多部日本古典文學作品，有《源氏物語》、《枕草子》等。著有散文集《京都一年》、《午後書房》、《擬古》、《飲膳札記》等，另有多部學術專業論著、兒童文學作品改寫等。

多情的眼，柔軟的心

——張曉風《星星都已經到齊了》

閱讀張曉風的美文，是自小及長一路伴隨的美好記憶。「十五年沒出正規散文集」的說法，乍聞之下倒有些驚心。事實上，《星星都已經到齊了》中的文章都曾發表於報刊，之後蒐羅整理，合為一書，大體上記錄了張曉風一路生活的點滴心情，有懷人、詠物、抒情、寫景，亦有文藝札記。其中諸多文友的跨刀相助：金恆鑣提供的封面照片、蔣勳的題字、席慕容為序，以及散文篇帙中關於彼此結伴旅遊的紀錄，尤其令人感受到文友間彼此酬答的深厚情誼，這是映襯「美文」的另一樁「美事」。

當然，最要者仍在於全書所展現的質地。張曉風的文字一向華豔精美，所謂「亦秀亦豪的健筆」，歷經時間的洗練，愈加揮灑自如，她對於父親性情的說法：「如鐵如砧，卻也如風如水」，亦不妨移以為對自我文風的評述。富豔難蹤的文字之外，散文集中亦偶現「可叵」式的幽默與戲謔。變化多方的文字風格，加上豐富的事例，以及行文間所流露的廣博學養，成就了全書如江河滔滔而下的敘事風格，這是我們所熟知的張曉風。然而集中少數不忍割愛的短文，或許紀念價值更甚於文學表現；而張曉風對於抒情散文的習慣寫法，經過歲月淘洗亦難免疲態漸露，這自然是長期筆耕者所面臨的必然困境。

其實在整本散文集裡，最令人著迷的質素之一，便是作者對於自由的強烈渴盼，〈夢稿〉中那種老是在夢裡「熟門熟路」飛翔的浪漫與自在，令人無限神往。現實生活中，張曉風對於生命的「未命名」、生命應當舒卷自如的堅持，在〈我撿到了一張身份證〉、〈描容〉乃至於〈戈壁行腳〉等文中亦歷歷可見。然而她亦深知人生於世，其實是很難縱情決定生命的去留與飛翔姿態的，在浩瀚沙漠裡，她體驗到廣博大地與渺小存在間的對照；在父親過世的深慟中，她亦明瞭有限的肉身無法對抗大化，最終勝利的也許只是生命本身。

然而在不盡美滿的人世裡，卻又總有那麼多紅塵心事令人徘徊顧卻，多所流連。因此在〈衣衣不舍〉中她不免發出這樣的喟嘆：「人活得愈久，跟這個世界的萬事萬物便愈有牽連，這真是好事。」一種惜物惜事的多情，明白流露於字裡行間。而在飛翔而墜的幻夢後，她遂發話了：夢中令其癡迷觀望以致折翼墜落的花樹，是如此美得令人心碎，「我好像也並不遺憾，為一棵心事爭發的花樹而墮落塵埃，我其實是不悔的。」這便是張曉風與人世諸多纏綿的生命基調——肉身皮囊儘管有諸多限制，然而生命本身便足以成就無限喜悅。在散文中，讀者不斷聽到她對自我、對生命、對死亡、對渺渺塵世的諸多提問，只要「給我一個解釋，我就可以再相信一次人世，我就可以再接納歷史，我就可以義無反顧擁抱這荒涼的城市。」多情、無情與濫情之間，容或存在著無盡的辯證，然而張曉風對人世所持溫柔慈悲的觀照，或許是當今慣以冷酷傲然之姿，斷然與世界決裂的「新新人類」，足以引為深思的。

描容

◎張曉風

1

有一次，和朋友約好了搭早晨七點的車去太魯閣國家公園管理處。不料鬧鐘失靈，醒來時已經七點了。

我跳起來，改去搭飛機，及時趕到。管理處派人來接，但來人並不認識我，於是先到的朋友便七嘴八舌把我形容一番：

「她信基督教。」

「她是寫散文的。」

「她看起來好像不緊張，其實，才緊張呢！」

形容完了，幾個朋友自己也相顧失笑，這麼一堆抽象的說詞，叫那年輕人如何在人堆裡把要接的人辨認出來？

事後，他們說給我聽，我也笑了，一面佯怒，說：

「哼，朋友一場，你們竟連我是什麼樣子也說不出來，太可惡了。」

轉念一想，卻也有幾分悵惘——其實，不怪他們，叫我自己來形容我自己，我也一樣不知從何說起。

2

有一年，帶著稚齡的小兒小女全家去日本，天氣正由盛夏轉秋，人到富士山腰，租了匹漂亮的栗色大馬去行山徑。低枝拂額，山鳥上下，「隨身聽」裡播著新買來的「三弦」古樂。抿一口山村自釀的葡萄酒，淡淡的紅，淡淡的芬芳……蹄聲得得，旅途比預期的還要完美……

然而，我在一座山寺前停了下來，那裡貼著一張大大的告示，由不得人不看。告示上有一幅男子的照片，奇怪的是那日文告示，我竟也大致看明白了。它的內容是說，兩個月前有個六十歲的男子登山失蹤了，他身上靠腹部地方因為動過手術，有條十五公分長的疤口，如果有人發現這位男子，請通知警方。

叫人用腹部的疤來辨認失蹤的人，當然是假定他已是屍體了。否則憑名字相認不就可以了嗎？

寺前癡立，我忽覺大慟，這座外形安詳穩鎮的富士山於我是閒來的行腳處，於這男子卻是殘酷的埋骨之地啊！時乎，命乎，叫人怎麼說呢？

而真正令我悲傷的是，人生至此，在特徵欄裡竟只剩下那麼簡單赤裸的幾個字：「腹上有十五公分疤痕」！原來人一旦撒了手，所有人間的形容詞都頓然失效，所有的學歷、經驗、頭銜、土地、股票持分或勳功偉績全都不相干了，真正屬於此身的特點竟可能只是一記疤瘢或半枚蛀牙。

山上的陽光淡寂，火山地帶特有的黑土踏上去鬆軟柔和，而我意識到山的險巇。每一轉折都自成禍福，每一岔路皆隱含殺機。如我一旦失足，則尋人告示上對我的形容詞便沒有一句會和我平生努力以博得的成就有關了。

我站在寺前，站在我從不認識的山難者的尋人告示前，黯然落淚。

3

所有的「我」，其實不都是一個名詞嗎？可是我們是複雜而又嚕囌的人類，我們發明了形容詞——只是我們在形容自己的時候卻又忽然辭窮。一個完完整整的人，豈是能用三言兩語胡亂描繪的？

對我而言，做小人物並沒什麼不甘，卻有一項悲哀，就是要不斷地填表格，不斷把自己納入一張奇怪的方方正正的小紙片。你必須不厭其煩地告訴人家你是哪年生的？生在哪裡？生日是哪一天？（奇怪，我為什麼要告訴他我的生日呢？他又不送我生日禮物。）家住哪裡？學歷是什麼？身分證號碼幾號？護照號碼幾號？幾月幾日在哪裡簽發的？公保證號碼幾號？好在我頗有先見之明，從第一天起就把身分證和護照號碼等一概背得爛熟，以便有人要我填表時可以不經思索熟極而流。

然而，我一面填表，一面不免想，「我」在哪裡啊？我怎會在那張小小的表格裡呢？我填的全是些不相干的資料啊！資料加起來的總和並不是我啊！

尤其離奇的是那些大張的表格，它居然要求你寫自己的特長，寫自己的語文能力、自己的缺點……。奇怪，這種表格有什麼用呢？你把它發給十年前的李登輝，他就會承認自己的特長是「做總統」嗎？你把它發給梁實秋，搞不好，他謙虛起來，硬是只肯承認自己「粗通」英文你又如何？你把它發給甲級流氓，難道他就承認自己的缺點是「愛殺人」嗎？

我填這些形容自己的資料也總覺不放心。記得有一次填完「缺點」以後，我乾脆又慎重地加上一段：「我填的這些缺點其實只是我自己知道的缺點，但既然是知道的缺點，其實就不算是嚴重的缺點。我真正的缺點一定是我不知道或不肯承認的。所以，嚴格地說，我其實並沒有能力寫出我的缺點來。」

對我來說，最美麗的理想社會大概就是不必填表的社會吧！那樣的社會，你一個人在街上走，對面來了一位路人，他攔住你，說：

「咦？你不是王家老三嗎？你前天才過完三十九歲生日是吧？我當然記得你生日，那是元宵節前一天嘛！你爸爸還好嗎？他小時頑皮，跌過一次腿，後來接好了，現在陰天犯不犯痛？不疼？啊，那就好。你妹妹嫁得還好吧？她那丈夫從小就不愛說話，你妹妹嘰嘰呱呱的，配他也是老天爺安排好的。她耳朵上那個耳洞沒什麼吧？她生出來才一個月，有一天哭個不停，你嫌煩，找了根針就去給她扎耳洞，大人發現了，嚇死了，要打你，你說因為聽說女人扎了耳洞掛了耳環就可以出嫁了，她哭得人煩，你想把她快快扎了耳洞嫁掉算了！你說我怎麼知道這些事，怎麼不知道？這村子上誰家的事我不知道啊？……」

那樣的社會，人人都知道別家牆角有幾株海棠，人人都熟悉對方院子裡有幾隻母雞，表格裡的那一堆資料要它何用？

其實小人物填表固然可悲，大人物恐怕也不免此悲吧？一個劉徹，他的一生寫上十部奇情小說也綽綽有餘。但人一死，依照諡法，也只落一個漢武帝的「武」字，聽起來，像是這人只會打仗似的。諡法用字歷代雖不太同，但都是好字眼，像那個會說出「何不食肉糜？」的皇帝，死後也混到個「惠帝」的諡號。反正只要做了皇帝，便非「仁」即「聖」，非「文」即「武」，非「叡」即「神」……。做皇帝做到這樣，又有什麼意思呢？長長的一生，最後只剩下一個字，冥冥中彷彿有一排小小的資料夾，把漢武帝跟梁武帝放在一個夾子裡，把唐高宗和清高宗做成編類相同的案宗。

悲傷啊，所有的「我」本來都是「我」，而別人都急著把你編號歸類——就算是皇后，也無非放進鏤金刻玉的資料夾裡去歸類吧！

相較之下，那惹人訾議的武則天女皇就佻達多了。她臨死之時囑人留下「無字碑」。以她當時身為母后的身分而言，還會沒有當朝文人來諛墓嗎？但她放棄了。年輕時，她用過一個名字來形容自己，那是「曌」（讀作「照」），是太陽、月亮和晴空。但年老時，她不再需要任何名詞，更不需要形容詞。她只要簡簡單單的死去，像秋來瘖啞萎落的一隻夏蟬，不需要半句贅詞來送終。她贏了，因為不在乎。

4

而茫茫大荒，漠漠今古，眾生平凡的面目裡，誰是我，我又復是誰呢？我們卻是在乎的。

明傳奇《牡丹亭》裡有個杜麗娘，在她自知不久人世之際，一意掙扎而起，對著鏡子把自己描繪下來，這才安心去死。死不足懼，只要能留下一副真容，也就扳回一點勝利。故事演到後面，她復活了，從畫裡也從墳墓裡走了出來，作者似乎相信，真切的自我描容，是令逝者能永存的唯一手法。

米開朗基羅走了，但我們從聖母垂眉的悲憫中重見五百年前大師的哀傷。而整套完整的儒家思想若不是以仲尼站在大川上的那一聲「逝者如斯夫！不捨晝夜」的長歎作底調，就顯得太平板僵直，如道德教條了。一聲輕輕的歎息，使我們驚識聖者的華顏。那企圖把人間萬事都說得頭頭是道的仲尼，一旦面對巨大而模糊的「時間」對手，也有他不知所措的悸動！那聲歎息於我有如兩千五百年前的高傳真的錄音帶，至今音紋清晰，聲聲入耳。

藝術和文學，從某一個角度看，也正是一個人對自己的描容吧？而描容者是既喜悅又悲傷的，他像一個孩子，有點「人來瘋」，他急著說：

「你看，你看，這就是我，萬古宇宙，就只有這麼一個我啊！」

然而詩人常是寂寞的——因為人世太忙，誰會停下來聽你說「我」呢？

馬來西亞有個古舊的小城叫麻六甲，我在那城裡轉來轉去，為五百年來中國人走過的腳步驚喜歎服，正午的時候，我來到一座小廟。

然而我不見神明。

「這裡供奉什麼神？」

「你自己看。」帶我去的人笑而不答。

小巧明亮的正堂裡，四面都是明鏡，我瞻顧，卻只見我自己。

「這廟不設神明——你想來找神，你只能找到自身。」

只有一個自身，只有一個一空依傍的自我，沒有蓮花座，沒有祥雲，只有一雙踏遍紅塵的鞋子，載著一個長途役役的旅人走來，繼續向大地叩問人間的路徑。

好的文學藝術也恰如這古城小廟吧？香客在環顧時，赫然於鏡鑑中發現自己，見到自己的青青眉峰，盈盈水眸，見到如周天運行生生不已的小宇宙——那個「我」。

某甲在畫肆中購得一幅大大的彌天蓋地的潑墨山水，某乙則買到一張小小的意態自足的「梅竹雙清」，問者問某甲說：「你買了一幅山水嗎？」某甲說：「不是，我買的是我胸中的丘壑。」問者轉問某乙：「你買了一幅梅竹嗎？」某乙回答說：「不然，我買的是我胸中的逸氣。」

描容者可以描摹自我的眉目，肯買貨的人卻只因看見自家的容顏。

——原載八十年四月七日《中國時報》人間副刊

● 作者簡介

張曉風

一九四一年生，原籍江蘇省銅山縣。筆名曉風、桑科、可叵，東吳大學中文系畢業。曾任教東吳大學、陽明大學。二十五歲出版第一本散文集《地毯的那一端》，獲中山文藝散文獎。另獲國家文藝獎、吳三連文學獎等。創作以散文為主，同時有劇本、雜文、論述、童書、評述、小說和詩作。著有散文集《地毯的那一端》、《從你美麗的流域》、《星星都已經到齊了》，三度主編《中華現代文學大系散文卷、《小說教室》等。

秋光流淌中的深情凝視

——席慕蓉《人間煙火》

在陽光灑灑的秋天午後讀席慕蓉《人間煙火》，靜謐的辰光隨著日影悄然推移；而十六歲那年夏天，捧讀詩集《七里香》、《無怨的青春》的耽美歲月，彷彿也從字裡行間走了回來。秋日裡頓時有了春光。

「在年輕的時候，如果你愛上了一個人，請你，請你一定要溫柔地對待他。……長大了以後，你才會知道，在驀然回首的剎那，沒有怨恨的青春才會了無遺憾，如山岡上那輪靜靜的滿月。」年輕的時候，我們沉浸在席慕蓉美麗的詩行、細膩的針筆畫裡，憧憬也體會著所謂「無怨的青春」。二十年後，作家同樣用溫柔的字句、優美的圖片訴說著屬於她的無怨人生。生命底層中，某些美好的質素並不會因為歲月的消蝕而染上塵埃；至少在席慕蓉的文字裡，我們見證了這種永恆。

序文裡作者自陳本書是近「十五年之間的與蒙古高原無關的生活記錄」，除了那名在蒙古高原不斷行走的女子外，「還有一個我，安居在溫暖的島嶼之上，靜靜地過著日子，慢慢地書寫著所思所想所見的——人間煙火。」文如書名，無論是篇二、四、五略近酬答性質的文字，或是篇一、三貼近家居生活的書寫，席慕蓉在字裡行間所展現的，都是對於生活無比深情的凝視。「記憶」的不捨與眷戀是全書重要命題，此間有對於童年的懷舊、對於青春的禮讚；亦有人生行至中途，親子角色的轉換與對照。無論時光停駐或流逝，書寫是為了記憶、為了不捨，也為了免於遺忘，由此我們體會到創作者對於生活所傾注的情感。

於是，「深情」的關注與凝視，便成為作者一以貫之面對生活的態度。舉本書篇三〈劉家貓園〉及篇四〈水彩課〉為例，喜愛寵物的讀者，對於劉家貓園裡的紅紅、黑黑、黃黃、灰灰，以及老黃與小黑狗各自特殊的脾性，大約莫不印象深刻。文章間雜以藝術家之眼所拍攝的數幀得意照片，可看性更高。在有情的相處與觀察中，席慕蓉的動物誌將這些生物描繪得生動活潑，人氣／趣十足：「黑黑」活脫脫是深不可測的哲學家，「紅紅」是活蹦亂跳的藝術家，「黃黃」俊秀的美少年形象，以及「灰灰」安分惹人疼憐的曉事，在在牽引著讀者思緒。在藝術家眼中，他們全是家族成員與相知相慰藉的夥伴。至於在篇四裡，作者對於林玉山、馬白水、陳慧坤等恩師的懷念，除了創作上的啟迪外，更多的是對人對物深情以待的態度。席慕蓉寫林老師犧牲寫生的機會，只希望陪師母多走走的情意；寫陳師老來對於伴侶含蓄的相思，行文間如詩如畫，安寧靜謐的人生晚景，彷彿也逕赴眼前。

因為用柔軟的心看世界，世界遂柔軟了起來；因為用深情的眼看人生，人生也成為美麗的畫頁，這是席慕蓉作品裡的一貫特質。至於某些時刻，對於其情感難免泛濫、凝視眼光過分樂觀所興發的質疑，我想身為讀者的我，只能自省是否在歲月的流光裡，已經蒙垢。

水彩課

◎席慕蓉

是個初夏的午後，有一方栽植著睡蓮的池塘，有一些躍動著的或是明燦或是幽微的光。

池塘不大，睡蓮也不多，只有十幾朵黃色和藍紫色的花朵與幾叢緊貼著水面的深綠色葉片，但是因為池旁有大樹濃蔭，枝椏都伸到池上來，幾乎遮住了池面一半的日照，反倒使得陽光可以照到的水面變得特別亮，光影交錯之處，有些線條和色塊就顯得更加活潑和豐富起來。

我一直記得那個初夏的午後，是馬白水老師的水彩課，我們這一班在植物園寫生。

那天不知道為什麼上午不用去學校，所以，我是從家裡直接出發的。什麼別堂的課本都不用帶，背上的大畫袋裡背著所有的寫生用具，不過，身前斜背著的空書包裡卻還藏著一隻小花狗。出生不到三個月的小毛團是我們家黃狗的小孩，也是我的新寵物，大概那天的天氣實在太好了，和風煦日的，所以我忍不住想要帶牠去遠征一番，見見世面。

家住在新北投的山上，要走下山來搭公路局班車到臺北，再換乘市內的公共汽車才能到植物園。小狗一路都很合作，在書包裡沒發出任何聲響。一直到進了植物園之後，同學們分別散開，我也在角落裡的這方池塘前找到定點，支起畫架，才把牠從書包裡拿出來。原來以為牠會開心地奔跑一陣的，想不到小傢伙膽子太小，怎麼也不肯移動一步。等我把紙筆都準備好，在畫架前席地坐定之後，牠就爬到我身上，在我的黑布裙子上乖乖地趴著，開始還一直睜著大眼睛往四邊瞧看，後來乾脆就蜷曲著身體在我的裙子上睡著了。

池邊很安靜，同學們早已在園中散開，與我同時在這方水池旁寫生的人不多，只有兩三位同學，馬老師也在，也支起了畫架，一如往常，和我們一起聚精會神地畫著。

一位男同學原本在池邊畫得好好的，不知道為什麼忽然起了頑皮的念頭，站起來走到我身邊一把抓起小狗就往池塘中間遠遠地丟了進去。

我被他這突然的動作驚得呆了，忘記狗是可以游泳的，只望著在水中掙扎的小毛團以為牠一定會淹死而不禁急得哭了起來，這個時候，我聽見馬老師出聲叫了那個同學的名字。

老師只是叫了那個同學的名字而已，連名帶姓不過是三個字，不過，任何人都可以聽出來聲音裡面帶著喝斥的意味，是在責備那個同學。可是，我聽起來，又覺得他好像也是同時在安撫我，就像我的父親有時對待我們這些孩子之間的爭執那樣：「好了！可以了！你看，我都已經說了他的不是了，你就別再哭啦。」

老師的語氣一如我父親的語氣，在責備與安撫之間又帶著一些些的寵愛與無奈，好像不管是那個闖了禍的還是那個哭泣著的，都是他的天真爛漫因而不得不原諒的孩子。

我其實在當時就感覺到了那分溫暖，卻不及細想，因為要急著擦乾那隻已經游回岸邊，正嗚咽著發著抖的小花狗，把牠放進書包以後還要急著再回過頭來繼續畫完那張水彩，然後，天色就漸漸暗了。

在我的求學過程中，我們師生之間當然還有其他許許多多值得感念的時刻，無論是在繪畫方面還是在處世方面，馬白水老師都給了我許多難以忘懷的指導。

幾十年都已經過去了，馬老師也已在去年年初仙逝，此刻的我，受「雄獅圖書」之託，執筆撰寫藝術家馬白水教授的傳記。仔細閱讀手邊所有的資料，才發現老師一生的經歷真是甘苦的極致，豐富而又精采。遭逢的時代雖然讓他顛沛流離，他卻在亂世之中力求精進，終於實現了他對美的夢想，並且，還影響了許許多多人。

要放進傳記裡的大事已經繁多到需要篩選和剪裁了，要引用的學生們的回憶更是難以割捨的豐美和動人。做為老師傳記的執筆者，我必須謹守分寸，不可以加入自己太多的個人記憶，更何況是這一小則與繪畫和處世都無關的插曲呢？

可是，絕不會放進老師傳記裡的這個下午卻常常重回。在我工作的時候偶爾會掠過幾絲躍動的光影，有的明燦，有的幽微，伴隨著老師語氣裡的那種溫暖，伴隨著那個夏日午後的煦日和風，那層層疊疊如透明水彩般的畫面，不時向我顯現，我那曾經天真爛漫受盡寵愛卻毫不自知的青春華年。

● 作者簡介

席慕蓉

一九四三年生，生於重慶，長於臺灣，內蒙古人，蒙古語名穆倫．席連勃。畢業於臺師大美術系、布魯塞爾皇家藝術學院。曾任教於新竹師院、東海大學美術系。曾於國內外舉辦多次個人畫展，現為專業畫家。著有詩集《七里香》、《無怨的青春》、《迷途詩冊》；散文集《金色的馬鞍》、《席慕蓉精選集》等，以及畫冊等四十餘種。

記憶底層的哀愁

——李黎《海枯石》

李黎《海枯石》輯分為二：一為行旅心得；一則為生活雜感，其中收錄文字雖曾散見於報章專欄，但合而觀之，創作者個人的性情與懷抱遂更加明晰。

對於時空的強烈體感，以及記憶的眷眷難捨，是本書呈現的兩大特色與主軸。書題為「海枯石」，根據作者說法，係「象徵著一份拒絕遺忘的執著」，海枯了，石卻未必爛，因為有銘刻記憶的執著，遂有創作者源源不斷的文字書寫。至於對時空的敏銳感應，從作者自述平日的閱讀嗜好裡，不難尋獲蛛絲馬跡，如科幻小說裡「時光機器」的母題，於其所產生的強烈魅惑力；以及研讀地圖時所興發的種種想像與憧憬等，對於作家創作傾向的影響，都是有趣的夫子自道。

仔細體會李黎的散文，除了細膩優雅的用字、遣詞與筆調之外，另有一份內斂蘊藉之情含藏於字裡行間。做為一位史學研究者的素養，體現在行旅中對於各國歷史文化的洞察。除此之外，李黎尚能以文學家的眼光，獨具慧眼地選擇石橋、墓園與水等做為觀察對象；並以深厚的藝術鑑賞角度，品鑑各處石橋的建築之美。尤有甚者，作者更在此岸到彼岸的往復徘徊中，體悟到外婆橋的人文之美，覓渡橋上「世事如渡」的隱喻，以及「夢浮橋」所象徵關於桃源的追尋、文學的美好等等。這些靈光閃爍的哲思，穿插在行旅所聞所見中，使得李黎的文字於優雅之外更添深邃，讀者閱讀此書彷如親臨一場融合地理、歷史、人文、藝術與哲思之美的豐盛饗宴。

然而在行旅所見所聞，以及日常所感所思之外，瀰漫於全書者，是隱現於字裡行間的淡淡哀感。對於生命的珍惜與痛惜，是作者內裡最原初的柔軟，因此在美的極致之處，作家看到的終究是憂傷、終歸是錯過。阿姆斯特丹與梵谷畫作相遇，作者感嘆的是畫家與知音的錯身、中年心境與輕狂年少的錯身、我在今夜將與燦爛星光的錯身；京都之旅中，谷崎潤一郎與渡邊千萬子的錯過、我與櫻花的錯過，亦平添無限悵惘。換言之，這些旅遊文字的本質原是輕快的出走，但在作者的憂傷書寫裡，它變成是悲涼的心靈之旅。就像里斯本酒館裡所傳出既激情又哀慟的 Fado 歌聲，作者在本書所經營的，亦是一種「旋律歡快，而聲調悲愴」的旅遊書寫，由此形成其散文的憂鬱與低迴之美。

說到底，李黎對於生命與記憶的執著，多情且纏綿，因此食蓮亦難以失憶忘憂。死亡、消逝令其不忍是本性；一再說服則是種自我寬慰。這份眷戀與不捨，有時會在書寫中透露其拘謹之處，因而部分段落的收束不免略顯乏趣，情味稍失。散文，果然最是直見性情之作。

花魂

◎李黎

每個人都說我到晚了，錯過了花季。

家住神戶的日本女友惠子，與我相偕去到京都時已是五月上旬，櫻花早已開過，路邊的櫻樹已是滿枝的新綠鮮碧了。惠子前個月才來過京都趕上「花見」賞櫻盛事，一路上為我絮絮形容那滿城花團錦簇的美景，然而她的好意只有更提醒著我：此生又多添了一樁遺憾。

其實花還是有的：他們稱為「唐菖蒲」的鳶尾花開得正盛，我們還特別去到太田神社，專為看那一大片的孔雀藍紫——這也是日本的「國色」之一，像一片冷豔的火焰靜靜燃燒到天邊去，中間點綴無數金黃的閃閃星芒。杜鵑花也到處可見，尤其是金閣寺坐落的水畔，嫣紅粉白的杜鵑成毬成叢地迸放著，像是理直氣壯地承接下了落櫻的諸色。

這時節一天裡總有幾個時辰細雨霏霏，非常的京都——京都不是細雨就是細雪，難怪草樹濃綠欲滴，苔蘚的蒼鬱滋潤是別處難以勝過的。

身在春雨京都，很自然地就想到谷崎潤一郎——那個耽溺到幾乎病態、卻又有著無比文字魅力的唯美派作家。他的長篇小說《細雪》，寫的是大阪富戶蒔岡一家四姊妹的生活與命運。在她們得天獨厚的最後太平歲月裡，依著季節的更迭，春日到京都賞櫻、秋日賞楓；姊妹們一個個嬌豔如花、衣錦盛妝，原本就無比風雅的賞心樂事，更因著她們的輕顰淺笑、離合悲歡，而讓人原有了那份對美和奢華的耽溺。

《細雪》從五〇年代到八〇年代三度被搬上銀幕，以市川崑一九八三年拍的最為華麗講究，人物、景色無一不刻意求美，加上幾十襲織金縷玉般的華貴和服，簡直是一場視覺的饗宴。六〇年代的玉女紅星吉永小百合飾演嫻雅端莊的三妹雪子，那年她已三十八歲，扮演花樣年華的待嫁女兒依然顯得青春嫵媚。電影拍得如詩如畫，第一次看到時的驚豔之感久久難忘。谷崎的文字凝止了一段永遠不再的古典時光，鋪陳留守在京都這個似乎沒有時間感的古城裡。

走在京都的大街小巷，時時都感受得到一種無所不在的、歷久彌新的文化氣息。我想這一部分要歸功於那些無所不在的海報吧：表演、展覽、演說、座談……各種名色的文藝活動節目，都由到處張貼的海報廣作宣揚。在祇園一帶逛了小半天，我已耳熟能詳哪裡的藝妓有公演，坂東玉三郎又要表演歌舞劇了可惜來不及看，前田青村在近代美術館有個特展正好趕上……啊，竟然還有一項「谷崎潤一郎與京都」特別展覽，展出作家的手稿、書信、相片、遺物等等，為期一個月；重頭戲則是他的兒媳婦渡邊千萬子與一位文學教授的對談——顯然是配合她最近十分轟動的新書而安排的節目。

說起這本書連我都有所風聞：不久前，谷崎的媳婦出版了一本翁媳兩人之間的書信集《谷崎潤一郎——渡邊千萬子往復書簡》，備受矚目，以致這位去世已三十多年的作家在文壇又掀起了一陣熱風。對於這位耽美頹廢派的一代文豪，尤其他晚年又寫過《瘋癲老人日記》這部極易引人「對號入座」的小說，人們多少有著難以壓抑的窺密欲望——會不會在這些書信的字裡行間，窺出一段翁媳之間的不倫之戀？或者至少像《瘋癲老人日記》裡寫的那樣，一個肉體衰老而情欲依然熾旺的老男人，對他媳婦懷有的性幻想？

細看海報上的日期，我不僅趕不上參加「對談」一睹女主角的手姿，連展覽會都是在我走後一星期才開始。心想只好作罷了。

於是我和惠子繼續在祇園一帶閒逛，欣賞傳統屋舍建築和匆匆行過的盛妝小藝妓。走進一家藝妓屋改裝成的畫廊，那裡正在展售用舊和服的精緻腰帶縫製成的手袋錢包，我們看完才發現設計師本人也在，就坐下來與女主人、女藝術家品茗閒聊。不知怎地提到了《往復書簡》這本書，女主人很熱心地告訴我們：渡邊千萬子還住京都，而且就在「哲學之道」上開有一家咖啡館，值得一訪。我和惠子本就計畫到那一帶走走，那附近還有一座以楓樹聞名的寺廟法然院，也是我們想去一遊之處。看來此行跟谷崎畢竟還是有緣！

惠子原先對谷崎的興趣並不大，可是到了這時卻已像在追蹤一個故事捨不得放手了。好在次日上午是個和美的晴天，正適合尋幽訪勝。「哲學之道」早年因鄰近京都大學，教授們愛在那兒散步沉思而得名，日後則以櫻花著名了。沿著運河，兩側小徑上密植櫻樹，春花燦麗時自當美不勝收，只是此時櫻花已盡落而楓紅尚遙，在腦中重構圖像得動用一點想像力才行。不過流水淙淙的小渠還是雅靜，櫻葉也好看，鋸齒狀的葉沿十分秀氣，嫩葉的顏色正是青春歲月之色。路邊的店家多半不是售賣手工藝品，就是和洋式吃食店，氣氛裝幀都還有一定的格調水準。

走到幾乎盡頭才看到千萬子的咖啡館，在一棟三層白色洋房的樓下，取的是法國名叫 Atelier de Cafe，裝潢布置也是法國情調，相當明亮寬敞。迎門櫃檯上放置一疊書，便是《往復書簡》了。我翻了翻，沒有作者簽名。向店員打聽女主人可在，答說她下午才會來。惠子當下便買了一本書，我倆點了咖啡，來到有水池和小瀑布的前庭，坐在遮陽傘下慢慢翻閱。

谷崎潤一郎生於一八八六年，這本書信集是從一九五一年他六十五歲到一九六五年去世為止，共收谷崎寫的二百零五封信簡，以及千萬子的回信八十八封。其實兩人並沒有在一起共同生活多久：谷崎長住熱海，千萬子在京都，所以交談都靠書信往返。

千萬子的外祖父是名畫家橋本關雪，她畢業於同志社大學文學系，論文題目是毛姆的小說研究；嫁給谷崎繼子時才二十出頭，據說對這位文豪家翁非常崇拜。有意思的是：到了後來情況卻反轉過來，變成老人對年輕兒媳的仰慕與精神上的依賴。在「谷崎潤一郎與京都」特展的海報上，摘錄谷崎晚年寫給千萬子一封信裡的幾句話，顯示了這份奇特的關係：「近來甚多（對我作品）的讚美令我不禁飄飄然，然而妳是唯一不吝給我批判和非難的人，還請繼續賜教……」據說谷崎確是非常尊重千萬子對他作品的意見與評價，幾乎到了言聽計從的地步。對一個稱不上是同行、並且小他幾十歲的人，大文豪會毫無保留地付出如此堅定的信任與依從，使得做為同是寫作者的我，感到不可思議極了。

我請惠子挑幾封有趣的信譯給我聽。有一封是谷崎央千萬子寄一幀近照給他，註明「要全身的」；另一信要她寄去腳樣，為的是替她到香港訂做繡花鞋，這雙腳樣就被他留下了，書裡有印出來——不禁令人想到《瘋癲老人日記》裡的主角卯木迷戀媳婦颯子的腳——當然，谷崎原本就有拜腳狂，在他早年的小說中就看得出來。還有為著她穿緊褲子好看，谷崎的一位畫家朋友棟方志功，為穿七分褲、手拈一朵大麗花的千萬子作了一幅版畫（海報也採用了）；有一幀翁媳兩人的合照，正坐在那幅版畫之下，白髮紅顏的對比非常強烈，谷崎卻顯然很喜歡，寫信告訴她：「若有人說妳不美，讓他看這照片！」這些言行若出自常人可能驚世駭俗，但想到是寫《鍵》、《癡人之愛》、《春琴抄》、《瘋癲老人日記》的谷崎潤一郎，也就不足為怪了——甚至還算相當「發乎情止乎禮」，窺密者可能會有些失望呢。

卻是有一封谷崎死前三年寫的信引起我們好奇：他委託千萬子捐十萬日圓給京都法然院；這在當時是很大一筆數目，為什麼這麼做，而且要通過她？這使得我倆對法然院更有興趣了，決定吃過午餐就去參觀。

我們不想在這家店裡吃洋式糕點，於是找到哲學之道上一家素樸的日式小店。老闆娘人很和氣，惠子便隨意問她可認識渡邊千萬子，巧的是這位老闆娘竟在千萬子的咖啡店裡打過工，告訴我們渡邊女士人很和氣，外貌保養得很不錯，常去學跳正規交際舞云云……看來她在這一帶也算是個名人了。

打聽一下路徑，原來法然院就在後面山坡上，不用幾分鐘就走到了。午後的寺院幾乎沒有遊客，非常幽靜。這裡以楓著名，春天的楓樹上全是初葉；最可愛的是葉子頂端那些小小的種籽囊，或粉或白，帶著翅膀有如小螺旋槳，隨風飛颺在空中，找尋合適的土地散播延續生命。我被這些小翅膀迷住了，看得出神之際，惠子已與掃院人攀談起來，才得知一樁重要的訊息：谷崎潤一郎的墓就在這寺院裡！

一時之間真有誤打誤撞、得來全不費工夫的僥倖之感。難怪谷崎死前三年捐贈巨款給法然院，原來如此！

在掃院人指引下我們很快就找到墓地，是谷崎和渡邊兩個家族並列。說來有些複雜：千萬子的丈夫清治是谷崎沒有血緣關係的繼子，後來清治又被過繼給谷崎的姊妹渡邊，所以媳婦跟著夫君姓渡邊而非谷崎。兩家的兩方墓碑都是谷崎題的字：一為「空」、一為「寂」；他自己葬在「寂」那一邊，一株櫻樹之下。墓碑是未經打磨、形態拙樸自然的大石，頗不落俗套。站在墓旁，便可俯視千萬子那幢三層樓白色洋房——果然正如谷崎生前寫過的：死後要葬在京都，守在千萬子身邊。

出了法然院、走下山坡，我倆又走回到咖啡館，然而女主人還未來，也不知幾時才會到。我們決定不等她了。對談要在十天之後才舉行，我是趕不上了，縱使趕上也聽不懂，若是只為看那位女主角……或許不看也罷，她現今該是谷崎當年開始寫信的那個年紀了。再過若干年，她豈不是也要到法然院去，永眠在那塊「空」字碑下，

「寂」字碑旁？到了那時，谷崎若是有知，才當心滿意足了吧。

那晚在下榻的日式旅館房間裡，吃過精緻又道地的時令料理，我與惠子兩人飲盡一大竹筒的清酒，微醺中她倚几捧著《往復書簡》讀得津津有味，我卻漫漫想著這一天的際遇：冥冥中與一位作家的魂靈打了個照面，卻與他的繆司緣慳一面……

花季過去，日本人把櫻花瓣醃漬起來做成吃食，殷紅如染如醉，陳列在瓷碟中另有一種淒豔，我卻難以入口腹。櫻花的這份美是做為觀賞的，美在須臾空寂，若是愛到把花吃下去，成為自己肉體的一部分，豈不是有些病態了？不免又想到谷崎作品裡的病態之美：衰朽的肉體，熾旺的創作生命力——癡人之愛，他愛的其實就是生命本身吧。肉體之美，正也是美在那是盛載活生生的生命之容器啊。

離開京都之後我便去了北海道——北上不是為了追花，雖然札幌還有櫻花，卻已是零落分散，完全沒有那花季的氣氛了。去北國應是冬日賞雪，我去得更不是時候了。風花雪月，怎地總是不合時宜呢——或許，這就有點像一樁出現在生命中錯誤時段的戀情吧。

● 作者簡介

李黎

一九四八年生，本名鮑利黎，筆名李黎、薛荔，原籍安徽和縣，畢業於高雄女中、臺灣大學歷史系，後赴美就讀普渡大學政治學研究所，曾從事編輯與教職，現居於美國。曾獲《聯合報》短、中篇小說獎。著有小說《最後夜車》、《天堂鳥花》、《傾城》、《浮世》、《袋鼠男人》、《浮世書簡》、《樂園不下雨》等；散文《別後》、《悲懷書簡》、《加利福尼亞旅店》、《昨日之河》、《半生書緣》等；譯作有《美麗新世界》。

臉書之為用大矣

——廖玉蕙《為什麼你不問我為什麼》

阿盛〈鏤四銘〉一文中嘗有「臉書銘」云：「臉不在大，有之則靚。書不在多，常讀就行。斯是網路，惟擾閒情。」我輩玩臉書，多如其所言「談笑沒緊要，往來說不清」，而廖玉蕙卻能藉此與文友、學生們熱鬧互動，聊得起勁之餘，寫得也愈發行雲流水；寫得流暢之餘，則出版社亦聞風而來。生動活潑的日常記錄，再輔以先生別致的插畫、家人共同的攝影，更有臉友聯手按「讚」票選書名，一本雲端創作就此洋洋灑灑成形。

臉書上的一日一PO文，經過整理、歸類及編排後，形諸紙本乃更具系統性。於是在輯一「我的中古好男人」裡，讀者不斷看到一名聒噪的女人，日日執意打破砂鍋問到底；而身邊的男人則窘迫難以名狀，朝夕疲於應付。然而在如許聒噪與窘迫的相處模式裡，廖玉蕙卻也藉筆端成就了一幅純真熱情的自畫像，兼而映照出另一半律己認真、端正自持的形貌，所謂「老夫老妻」的生活情趣，乃由字裡行間汩汩湧現。

輯二「我的親情三溫暖」裡比較值得注意的，則是延續前此《後來》一書裡，作者對母親長懷的思念，這些與母親相關的夢境與懷想，是閱之令人較感沉重與不忍的篇章，但也因哀傷的重量，而加深了現實景深，它讓讀者知曉在夫妻和平共處、親子歡言笑語的背後，人生並非全無苦痛，唯此苦痛端賴作者的智慧化解。此一生命態度亦延續到輯三「我的老症頭」裡，此輯集中展現了作者的人格特質：略帶傻氣的正義感、無可救藥的迷糊、懶於家務的自嘲、沉迷電玩的自責、失眠的自我砥礪與排遣……，廖玉蕙的樂天與體貼，成就了生命裡諸端「荒謬與溫柔」的風景。

由此讀者乃恍然有所悟，其實作者在個人情性、家庭互動的書寫之外，最可貴的展露尤在於擁有一雙澄澈如孩童的眼睛，因此她能興味盎然地看待人世、懷著永恆的熱情體會人生，這是寫作者的涵養，也是生活的大智慧。唯其如此，創作於廖玉蕙而言乃不再是苦刑與宿命，而是抒發與共享的憑藉。

此種抒感的快慰，自然最宜在臉書上與數以千計的粉絲共享。最近頻繁出現於廖氏臉書裡的人物，乃是此一歡樂家庭中的新成員「小龍女」，可以預見，小龍女將迅速躍升為新著中的第一女主角。臉書之為用於廖玉蕙而言，果然大矣！

正言若反

◎廖玉蕙

●正言若反的弦外之音

「謝謝你精闢的講解哦！」只要女兒跟我這樣說，我就知道她嫌我多話！

「同意！同意！同意！」只要外子跟我接連著說三句同樣的話，我就知道話裡頭有許多的不以為然。

「隨便你啊！你覺得怎樣好就怎樣吧。」只要我這樣說，外子大約就知道此事不能擅自決定。

同樣的話，不管你跟外人說，或外人跟你說，你都不會有類似的負面感受。

譬如：旅行時，你對著認真的地陪說：「謝謝你精闢的講解哦！」他多半不會認為你在揶揄他。

如果對著徵詢你是否同意他的看法的朋友說：「同意！同意！同意！」朋友一定很開心你的捧場。

如果大樓開會有所決議，你對其他住戶說：「隨便你們啊！你們覺得怎樣好就怎樣吧。」鄰居通常會覺得你這個人好相處。

前述的負面感受源於語言的延展性，通常就是所謂的「弦外之音」。「弦外之音」的起源，通常是一起生活太久後的病變。同樣的回答日復一日，慢慢感覺缺少新意，靜極思變後，開始「正言若反」。

一句正面的回應可能暗藏負面的情緒，相處久了，才會慢慢琢磨出對方的語言「眉角」，而在學會正確解讀之前的一段時間叫「磨合期」，很吃苦的。

●我是不是很聰明？

跟外子夸夸大談前幾日智勇雙全的人際對應後，我自我感覺良好地問他：

「你覺得我是不是很聰明？」

「聰明～聰明～」外子的聲音帶笑且音調上揚，且「聰明」連說兩聲。

我一聽就明白了。

「當你連說兩次且語音上揚時，我就知道你不以為然，語帶揶揄，別以為我不知道。哼！哼！如果你是打從心裡感到佩服，你會很嚴肅的說：『沒錯！你是真的很聰明。』」

外子笑而不答。我接著問：「讓我說穿了，對不對？……你看！我是不是很聰明？」

這回，他什麼話也沒說。

●「罵」和「說」的差別

中午，散步到永康街的「呂桑和漢小吃」。二樓望出去，正好是「小龍女眼鏡行」的大看板。

我想起四、五年前，曾在「小龍女」配了一支昂貴的漸層眼鏡，卻因為戴得不習慣，始終被閒置在抽屜裡。

外子望了望招牌，忽然口氣很酸地笑說：「如果換作是我，鐵定被你罵死了！」「我雖然沒有被你罵死，卻也被你『說』死了。」我接口。誰說不是呢！見一次說一次的。

「罵」和「說」的差別，在於表情、聲口的差異。

像我這種學戲劇的人真的好吃虧！講起話來總是表情太多、抑揚頓挫太分明，稍有意見就變成「罵」。

相形之下，外子說話時一副聲音平板、若無其事的樣子，給人的印象就只是「說」，不帶臧否，看起來好修養。

其實話多說幾次，殺傷力絕不輸給「罵」的啊！

●一語雙關

在中正紀念堂邊的「鼎記」吃牛肉麵。

老闆娘是個溫雅美麗的女子，用各色的花妝點門面。

麵來了，我清楚看到帶笑的老闆娘的臉頰上有著可愛的梨渦。

我小小聲跟外子說：「老闆娘有酒窩欸，好漂亮。」

正吃下一口麵的外子立刻附和：「嗯！有點兒辣！」

我瞠目結舌，這人一向正經？怎會這樣說？

何況清秀的咧！怎會辣？

後來才發現，原來外子指的是麵，他壓根兒沒聽我說的，卻接得如此天衣無縫。

● 作者簡介

廖玉蕙

一九五〇年生，東吳大學中國文學博士，曾任職國立編譯館、國立臺北教育大學語文與創作學系教授。曾獲吳三連文學獎、中山文藝獎、吳魯芹散文獎、五四文藝獎章等。著有散文集《像蝴蝶一樣款款飛走以後》、《送給妹妹的彩虹》、《教授別急！——廖玉蕙幽默散文選》、《阿嬤抱抱》、《為什麼你不問我為什麼？》；小說《一枚戒指》、《淡藍氣泡》等四十餘冊；也曾編寫《文學盛筵——談閱讀教寫作》等十餘種語文教材。

天光雲影間的意趣

——丘彥明《家住聖・安哈塔村》

「生活藝術家」的基調，大約自丘彥明二〇〇〇年出版的《浮生悠悠》一書，便已見端倪。《浮》書副標題為「荷蘭田園散記」，記述作者多年蒔花種菜的心得，以及與夫婿間令人稱羨的眷侶生活，李歐梵譽之為現代版《浮生六記》。本書則直接打出「荷蘭版《山居歲月》」的廣告詞，內容由「找屋與租屋」、「買房」、「房屋設計師」、「老屋重建」等標目，可見作者意在講述構築一個夢想之家的歷程。講述配搭以與此主題相關的諸多素描、水彩、絲畫、油畫及攝影創作，結合成一部詳盡的房屋修繕誌，就作者而言是紀念；就讀者而言，則可從中激發出對於生活之美的感動，以及認真追求的勇氣。

本書其實不僅止於日常細瑣生活的記錄，從中我們可以看出作者頗費了番氣力，去了解「聖．安哈塔村」的歷史背景，去感受荷蘭當地狂歡節、熱氣球節、走路節等等風俗民情的呈現；對於荷蘭房屋政策完善的措施，或亦有自然帶出的用心。然而全書的主體仍在於住屋，「房子是買給自己的一個玩不厭、傷神耗財、卻非常有趣的益智玩具」，在對家存有夢想的前提下，作者於是願意從繁瑣的房事中，去爬梳出生活的趣味。藝術化的生活，首先要有耐煩整頓的決心；而在重修住居的因緣裡，則牽引出種種人情之美、藝術之美與自然之美：友朋們對於房屋修繕的建議，不妨視之為藝術化的集體創作；搬遷時中國朋友的熱心幫忙，又見證了友情的正直與溫暖。此外，作者將周遭自然風光的變化，融入住家生活的用心，更是人與自然水乳交融的理想願景。在諸般美好物事的匯集下，一棟擁有七十餘年歷史、略帶鄉氣的老屋，終於被改造成功。

全書的節奏，亦體現了房屋修繕過程中的心境變化。在找房、租屋、購宅之間，瑣事諸般繁雜，作者卻能以盡量清朗的筆觸娓娓交代，讀來因此不致流於枯燥。進入實際動手規畫的階段後，筆調漸趨明快，自然體現了主人雀躍、滿懷憧憬的心境。而至「搬遷」一節，作者又輕描淡寫，重點補敘了旅居荷蘭十數年間的搬家經驗，從中襯托此次購屋意義之重大，以及大功告成的輕鬆。此後「秋天的早晨」以下三節，進入住居後實際生活的體驗，情調則一轉為舒緩、悠閒而饒富意趣。作者以溫柔的筆觸寫對牛群羊群的眷戀、寫等待歸鳥的心情、寫水上遊船草間放牧空中雲彩，物我之間種種有情，遂鐫印成一朵微笑，實實在在刻畫於讀者心眼中。生活轉折間如此趣味多方，令人悠然神往，而這竟是作者居家之常態！人生本如寄，皮囊都可捐棄更何況住居？然而沉湎於作者對於生活的醉心與用心，我們又不免憧憬著此種家常的閒適；所謂生活品質的建立，意或亦在此。

秋天的早晨

◎丘彥明

窗外天微微明，三百三十公尺外，那條我已經熟悉的馬士河上飄游著一寬帶白霧似的水煙，隔岸的草地與岸邊的樹叢在煙靄中若隱若現著橄欖綠的葉色；略遠一堆隆起的小土坡上，農家紅橙色的屋瓦浮現在水煙與土坡之上，屋旁兩株樅樹高高的挺立，在初升太陽的照映下，仰展著新鮮的神氣。土坡後延展而去的平坦草場，被另一條帶似的晨嵐霧霧濛濛環過，再遠過去則是一層墨綠色的樹叢，然後是虛無縹緲間的藍綠色山丘蜿蜒迤邐。

這片樹影融融的遠山，即是荷蘭與德國的邊界。天空晴朗的日子，可以清楚看見山丘上一柱白色的界樁。我站在荷蘭飄浮著起司氣味的土地上伸出手去，似乎很輕易的便已經越過山丘，取回一大玻璃杯冒著清涼泡沫的德國阿爾特生啤酒。

山後淡紫灰的一片雲靜靜的浮貼在與山丘的銜接處，彼此輕輕撫觸。雲上東邊逐漸呈現淡黃的光片悄悄往西邊延伸過去，再往上移轉眼光便是淺藍的清明天穹。

從初秋輾轉至深秋，這許多層層疊疊過去的不同綠色，便逐日變換顏色：黃色、橙色、褐色、紫紅色，慢慢的替代了原先的各種綠色。終於，秋末的某一日清晨，陽光穿透低壓的灰雲，我突然發現：河邊的大樹在光線的照耀中，伴隨著吹拂的西風，飄動著一樹金葉。農莊後面的樹叢與山丘，抽去畫面上大篇幅的綠色絲線，重新織換紅橙、黃褐色系列絲線後，已經繡成了色彩炫爛、層次豐美的暖調山水圖案。

眼光重新直落回河面上，水煙中緩緩駛過貨輪，船首的指航綠燈亮著光照，船過處水煙輕盈的翻飛起來。每隔十多分鐘便會有一艘貨船經過，看似靜悄悄的來去，其實不然，打開窗戶便可清晰聽見船行的馬達聲。

視線再收至河流近身的這一岸，牧草沾染著溼潤的水汁，晨光穿過飽含水分的空氣，斜斜的照映整片草場，短短的青草自東而西呈現不同色調的綠色，由嫩黃而青綠，若有閒心細看，可以區分出十多種不同層次的顏色。深秋的日子，青綠色的草面會浮現不同的淺紅淡紫光彩，知道那是草花遍野的顏色，眾草在冬寒之前仍奮力做最後一次的開花結籽，堅持生命的延續。區隔草場的木樁，短小的影子清楚的落在牧草地上，像一排排推倒而下的骨牌。連接木樁的細鐵絲，明知它的存在，卻在光線穿透中遁形了。

河邊綿延過來的草原，盡頭隴起一條河堤，堤上及兩邊斜坡抽長著五、六十公分高的淡褐色茅草。過堤這邊就是我家修葺得齊齊整整的一排長綠扁柏。

早上，站立在二樓浴室盥洗臺的窗前，眼光像是錄音機，前前後後、上下左右的反覆移轉，有時使用快速推進的鏡頭，有時改換成遲緩的慢鏡頭，有遠有近的跳接著，記錄這大自然呈現的風景。

這間十二．五平方公尺的浴室，原本是一間九．七平方公尺的低小臥室。我們買下這幢兩層的三〇年代荷蘭鄉村老屋之後，大興土木的重點之一，就是把這個有景卻不曾被強調的平常小房間，改建成亮敞的浴室。貼上藍白相間的地磚、壁磚以及白色天花板後，地面好似碧水白浪，牆壁猶如青天白雲，整間衛浴室交織得如天如水。盥洗臺特意設計成為焦點，架設在緊接窗臺的正中央位置，彷如豎起一座現代雕塑。如此，因臨窗站立，眼前盡是風光，於是刷牙刷著、刷著，便忘了繼續刷下去，牙刷停滯在嘴裡；洗臉洗著、洗著，便忘了繼續洗下去，毛巾就靜止在下巴上；淨手呢，唉！竟遺忘得馬上回首按沖流的水柱開關。

隨著時間的流轉，早晨的陽光逐漸明亮，水面上的煙氣層層淡去，對岸那兩隻常年留駐的天鵝便出現了，雪白的羽絨、弧度優美的頸彎，很容易辨識；我竭盡目力在牠們周圍的草地上，尋找其他候鳥的蹤影。記得春天，加拿大雁、埃及雁、灰雁及另一大群天鵝與野鴨遷徙，途經這片水邊草場，曾經拜訪親戚的停棲過一段時日。在這秋天的早晨，我便日日等待他們歸航。一星期內總會有幾個早上，先聽見牠們嘎嘎的啼鳴，然後循著聲音的方向尋找到蹤影，再目視牠們由遠而近，呈一字形、人字形的變換隊伍，打窗前飛掠而過，我總是非要看到牠們的身影與鳴聲消失方肯罷休。

今日有一隻熱氣球，在山嵐水煙散盡後，飄遊於天空之中。飛近過來，可以清楚讀到飛行者的面孔。我試著探頭揮手，果然他們搖手回應。天高氣爽的初秋，常常可以看見不同顏色的熱氣球，像一柱又一柱的煙花，從山丘後面衝上了天空，飄遊了過來。村人說，曾見過兩百多隻熱氣球同時在天上的壯觀景象。德國邊境小城凱弗拉耶（Kevelaer）的熱氣球節，吸引了大批熱氣球迷，也讓我們家的窗景更形美麗。

河上的船行更密了，可以清晰區分船首的船旗與船尾的國旗，大部分是荷蘭國旗，比利時、德國國旗也很常見，偶然才會見到瑞士旗幟，或是不知名的國旗。貨輪或是運載沙石、或是油料、或是汽車、或是不知內容的貨櫃，船過處，白色的浪紋自水面盪起，搖搖擺擺一陣子，發現船形已離去約二、三十秒鐘的距離，方才急急追逐船尾而去。我喜歡看紅色的船身經過，認為那紅色在兩岸綠色的草場及間夾的大樹間流動，有一種特別的生命活力；效則故意打趣的與我唱反調，操著四川口音引家鄉人的說辭：「紅配綠醜得苦。」

一頭一頭的乳牛，輕鬆自在的排隊自草場間的欄道走過，不必數，我知道共有兩百三十頭，牠們是我家右邊斜前方農家的牛群。不必看表，我知道此時必定是上午九時，牠們總在這時刻擠完牛乳放牧出來。牠們也是我窗前移動的風景之一，牛群每日在不同的地塊上吃草，隨著走動變化出不同的圖案，於是我的窗前有時便熱鬧得很，因為牠們就聚在窗下；有時則較為清幽，因為放牧的位置距離較遠。雖然牛數不少，卻很少聽見牛鳴，牠們老是靜靜的低頭食草。

晚秋時日，早晨刷牙洗臉時，頓時一股急速的失落感湧上了心頭：草地上敷著一層糖粉般的白霜，天天相見的牛群不見了。猛吸一口窗外的空氣，鼻孔裡冰冰涼涼的。我懂了，冬天已近，牠們已被禁足倉棚保持溫暖，好鞏固每日的產乳量。要再相見，將是明年春後了。

這一大片草場，除了牛群，偶爾雉雞、鴛鴦、野兔、木鴿、海鷗也會來湊熱鬧。最多的是寒鴉與食腐肉的烏鴉，我對食腐肉的烏鴉無甚好感。有一隻孤獨的游隼，可能就住在附近，時常早早的就站在草場上的一柱木樁上。每次牠一出現，我便以望遠鏡觀察其動靜。為了鳥類，浴室裡放置了望遠鏡，還有兩本鳥類圖鑑，隨時備查。但十倍的望遠鏡並不能看得很清楚，便另添置了一架六十倍的觀鳥望遠鏡，放在工作室窗畔。

我也在秋天的早晨等待屋簷下的燕子們的歸來。春天時，牠們繞著窗前的簷邊飛翔、停佇。我可以清楚的看見牠們白羽紋的頸背、紅褐色的喉頭、寶藍色的羽翅以及剪刀似的燕尾。我歡喜的注視著小燕子停站一列，仰首張大的小黃嘴；母燕三不五時忙碌的飛近，在空中邊搧著羽翼，邊將小蟲子拋投入小燕子的口中。

我也翹首期待鶇鳥、紅尾知更鳥以及伯勞鳥的回家。牠們的窩巢都還保留在貯藏室外的屋簷下、車棚頂的木架間以及柏樹枝葉間。春天，我們曾陪伴著牠們建巢，在風雨中為牠們孵卵而輾轉難眠，為一窩小鳥順利出世而歡跳；也曾爬高細細俯看羽毛尚稀疏、眼目未睜開的飢餓幼鳥，手指頭逗弄牠們身長細脖子，長開大大的喙。牠們學飛時，我們蹲在花園中，眼光跟著牠們的跳飛起落而緊張興奮。我們總是隨時用心的以耳分辨牠們叫啼的音調、音色與音質，清晨在床上將醒未醒之際，耳聞窗外清脆婉轉的鳥語，幾經猶豫還是抵不住誘惑，迷迷糊糊跨下床來，掀開窗簾一角，用朦朧的雙眼在目力可及的樹枝上尋找，到底是何種鳥兒如此勤勉的做歌唱的早課？終於，有一天牠們不告而別。如今秋來，天氣逐漸轉涼，我便強烈的惦念起牠們，熱切的祈望牠們倦鳥歸家，能在這個上午時分重新再見！

河堤上走著幾隻綿羊及山羊，昨夜我曾在睡眠間聽見其中一頭似乎直打噴嚏，但，今天牠們或遊走或坐臥堤上，似乎也沒什麼不適。我們常常這樣在窗前、堤上只隔三、四公尺的彼此相望，我清楚著牠們每隻不同的顏色與走路姿態，也能分辨不同的咩咩聲，只是牠們如此日日看我，是否也認識我的形貌？

每日早晨走進盥洗室，明明梳妝都已停當，卻很難轉身離去：天空的顏色隨時在轉變；雲朵的游動、形狀更是變幻無窮；樹的顏色、草地的色彩也由青而綠而黃或褐，每日在變化；牛、羊、鳥、船的來去也時時在移換。每一個景致都可能打動心底深處，想立刻畫下來、或拍照下來，於是取來畫紙、筆、水彩顏料，以最快的速度捕捉住剎那的美感：有時那美麗是長形的條幅，天空占據了五分之三的位置；有時那美麗是寬狀的畫幅，一帶左右延伸而去的水霧煙嵐；有時那美麗是壁磚鏡子裡反映的船影；有時那美麗則是窗框玻璃中的一彎河水、半棵大樹及四、五隻低頭吃草的牛群……。

如此，在浴室裡，也許待半小時、一小時、兩小時、三小時，有時一遺忘就是一個上午。但畢竟，待一上午的情況仍是少數，我總是心滿意足的享受了浴室的窗景，歡樂喜悅的或坐在電腦前寫一點文字、或在畫架前提起畫筆。

我的畫室十分寬敞，有五十平方公尺面積，地上鋪設著七公尺長、十二公分寬的老木板，挑高呈燕尾形的天花板以粗實的梁木支架著。房間東邊有兩扇窗，寫著文章，眼睛往窗外一張望又是一番草地、河流、樹叢、遠山、天際的景致，還有街尾聖．安哈塔修道院以及教堂的部分輪廓。週日及節慶的早晨，「噹！噹！噹！」教堂鐘聲敲響，延續很長一段時間，一聲接一聲的鐘響與餘音，反覆聚集到耳朵裡，又震盪散開了出去，聽著聽著果然心中一片寧靜。

買下聖．安哈塔村房子的那個秋末，我們在工作室的北面，敲開磚牆裝置了一扇很大的老虎天窗，計三公尺五十公分長、一公尺二十五公分高。北邊而來的光線，最為穩定與柔和，是繪畫的最佳光源。由於這扇新增的大玻璃窗，畫室除了擁有原本東邊的風光，北方大片大片的風景更是迎面撲來。為此，沿著整片北邊的窗戶，效自己動手裝設了一長溜四十五公分寬的長窗臺，好讓我們兩人可以在週末倚窗對坐，依不同的時段欣賞屋外的晨霧、午帆、晚霞或夜星。

工作了一段時間，我歇歇手站起來，畫室東邊兩面窗均可俯視我的花園：紅色金魚、日本錦鯉在池塘中悠悠，穿游於水草與水薄荷、蓮葉之間。銀杏葉漸漸轉黃、一串一串的葡萄葉呈現紫色、牡丹葉有些枯垂，但茶花、玫瑰、扶桑的葉子依舊油綠。園邊、堤坡之間夏季闢出的長條菜圃，此刻茁長著各式過秋、過冬的中國蔬菜：四季小白菜、茼蒿、空心菜、上海白菜、白皮蒿筍、四月慢、五月慢、軟姜葉、雪裡蕻，以及從夏季採收至今未斷的黃瓜、西葫蘆瓜和小番茄。上一年苦瓜單開花不結果，絲瓜爬了藤卻沒來得及開花，今年這兩類瓜藤倒是都垂吊著肥碩的果實。望向園中的一塊綠草坪，思想著是否該在傍晚時修剪一回，每星期我總要設法在雨前將這塊草坪剪兩回，保持它的平整及美觀。

暫時結束畫室裡的活動，踱回臥室。行經浴室前的過道，順便把那扇供給過道光線的小天窗撐開。今天不會下雨，打開它給樓上透透新鮮空氣，順便探頭出去張望一下對街的景況。小村裡的人，早已騎車的騎車、開車的開車，上學、上班去了，這個時候除了偶然看見送信的郵差，也只有鄰居父子會為農務路過。小村是安靜的。

走進臥室，把起床後打開透氣的兩扇窗戶關妥，重新拉好內層紗簾，外層的厚布簾收攏在窗側。窗外斜前方的耶穌雕像、圓環、三岔路與幾株路邊大樹，落在白色紗簾後面，只剩下了模糊的影子。

我拎起背包，走下樓梯，從門廳的窗戶望一眼屋後的小院、扁柏，高及窗戶三分之一的河堤，以及蔚藍的天空。堤上露出遠在數公里之遙考克鎮教堂的尖塔，天上殘留飛機航經後的幾道白痕。

鎖上了大門，騎上自行車，我沿著村邊小徑登騎上河堤上的路道，在羊群中間穿梭，再繼續朝著鎮上河邊新哥德式雙尖老教堂騎去。

經過考克鎮中心，到游泳池游個泳、喝杯茶或咖啡，在已開店的小鎮鋪子裡買些日常必需品，偶遇見熟面孔，便停下來閒聊幾句話，交換一些情報。

回程的路途，我會在河堤上邊騎車、邊張望堤邊的草叢。不只在晚春，深秋之際有時也可以採擷到薺菜，珍貴的收集回家，煮一鍋薺菜飯，或是蒸一籠薺菜包子，或是下一盤薺菜餃子解饞。

倘若缺了雞蛋，便彎進村口八十多歲老農家的門檻，提高聲量問候他略有點聾的耳朵，然後買一盒新鮮土雞蛋。初秋，老人的菜園新收了綠色、紫色的長豆，則順便帶上一把，或是多取一小袋甜美多汁的藍莓果。剩下的秋日便享受他院中收成的大量核桃。

同一個國度，遠一點的阿姆斯特丹不斷湧入喧譁的遊客、海牙正熱鬧著政治議會、鹿特丹繁忙的吞吐進出口貿易；近一點奈梅根大學城學生們孜孜矻矻奔走於教室、圖書館之間；甚至就在考克鎮工業區，僅五分鐘車程裡埋首研發、鑽在技術產品裡的丈夫，此時也彷彿與我生存於兩個不同的星球之中。

我的早晨總是如此，安安靜靜、溫溫馨馨、很愉快、很健康的一晃就過去了。不過總會留下蛛絲馬跡，也許是一幅速寫、也許是幾段文字、也可能就是一朵微笑，它竟然實實在在。

● 作者簡介

丘彥明

出生於臺南新營，文化大學新聞系、政治大學新聞所碩士畢業、比利時布魯塞爾皇家藝術學院油畫系肄業。曾任職廣告公司、文化大學新聞系助教、《中國時報》記者、編輯、《聯合報》副刊編輯、《聯合文學雜誌》執行編輯、總編輯。現居荷蘭。著有散文集《浮生悠悠——荷蘭田園散記》、《家住聖・安哈塔村》、《荷蘭牧歌》、《在荷蘭過日子》等。近作為飲食散文《我的第九個廚房》。

上海的「千顏萬隅」

——王安憶《尋找上海》

《尋找上海》一書中有相當篇章其實是前此王安憶諸部散文集的選錄，這些作品散見於較早《漂泊的語言》（一九九六年，北京：作家出版社）、《接近世紀初》（一九九八年，杭州：浙江文藝出版社），以及其後《男人和女人 女人和城市》（二○○○年，昆明：雲南人民出版社）、《獨語》（二○○○年，臺北：麥田出版社）等書中。因此對一位王安憶的忠實讀者而言，在閱讀此書過程中，不斷會產生「似曾相識」的熟悉感。篇章的重複自然是原由之一，此外，王安憶的散文又處處可與其小說互為印證，看〈無言獨白〉時，《長恨歌》中的流言紛飛與弄堂景象宛然有了藍本；而〈那年我們十二歲〉分明便是《紀實與虛構》小說中的片段；至於〈我的同學董小蘋〉裡孤獨的「我」，也著實像《紀實與虛構》裡那鎮日收割院裡車前草的寂寞孩子，一時間絲竹齊發，彷彿好幾部書中的王安憶，都從各個角落奔來，絮絮叨叨圍著你說話了。

「絮叨」確實是王安憶文字的一貫特色，千言萬語，款款纏繞，即使在相較於小說篇幅短小得多的散文中，她也要不厭其煩地，由空間、建築、劇種、飲食、語言、文化等各方面，反覆比對出京海的差別，這種體會是文學式的，敏銳而感性，迥異於楊東平《城市季風》中理性的爬梳。更進一步，即使對於同處上海，彼此互為好友的名女人，王安憶也要更細膩地去區別出張（愛玲）蘇（青）的殊異風致。整體而言，此部散文集既名為「尋找上海」，由其統一的格調與文字中，讀者也確實可以更全面、更細緻地歸納出王安憶對上海的整體看法，這是本書最有價值之處。

王安憶對於城市的看法是什麼？相較於觀光客浮光掠影式的瀏覽，或者「有所為而為」的特定採訪取擷，王安憶最大的優勢，在於她雖不在上海「落地」，卻幾乎已在上海「生根」，鎮日居處於斯、呼息於斯，她更著眼於小家小戶炊煙四起的人生。上海的家居生活、里弄間的生計鑽營、住房分配的拮据艱難、搬家時的瑣碎繁瑣……，上海人帶著概括化的臉形，或是小私營者的臉相，或是焦愁的表情，或是寡淡的面容，千顏萬容一一從陰暗的里弄間走出來，在王安憶筆下過生活，在她筆下理直氣壯地穿梭。此中所展現的風情，是「一種亮麗的腐朽徵兆，它顯得既新又舊。」王安憶說得好：「上海的甚囂塵上，內裡就是這鏗鏘之響，倘若不是它們，上海的光色便都是浮光掠影。」是這些精括的算計、勞動的營生捶擊出上海沉厚的內裡，也形成王安憶文學創作的堅實背景。

當今學術界慣以「海派傳人」稱呼王安憶，九〇年代以來，王安憶也確實傾注相當心力在上海風情的描摹方面。上海是一個暴發的城市，沒有往事可以追懷，也或許是基於「城市無故事」的體認與焦慮，王安憶更急著將這塊土地上的人事予以羅織記錄。在這一系列寫上海的散文中，我以為回憶五〇年代末至六〇年代初文革經歷的部分，最是動人。在這些篇章中，王安憶保留了她擅於說故事的本領，刻畫文革期間眼中所見所聞。她尤其愛寫上海女性，〈我的同學董小蘋〉小時美麗、活潑而生動，然而時代的遭際把她琢磨得老實平凡，只在某些小地方仍能見其貴族習氣。唯在物質性浮華的消蝕之外，畢竟另有一種精神性的高貴氣質，是永不會折損的，那一代人如阿大的母親、醫生家嬌嫩的新媳婦、出身資產階級的董小蘋，在備受壓榨的生活底下所保存的良善人性，更令人動容。讀這些散文中的人物，遠較王安憶小說中虛構的主角更深刻、更切近尋常人生，例如她寫江蘇路街景，言及對街弄堂中有傅雷舊居，想及文革期間夫婦二人「關嚴門窗，拉上窗帘，從容攜手，赴黃泉之路。現在，窗幔被扯開了，大亮於光天化日之下，心裡不由地一陣劇痛。」這陣劇痛正是作家的切膚之痛！革命的深入固然留給上海一個平淡的表面，但王安憶仍能在平淡虛浮的場景中，挖掘出亙古不變的高貴人性。是在這些基礎上，中生代女性作家可以傲立於文壇，刻畫屬於她的上海，屬於她的寫實人生。

記得在二〇〇一年三月底臺北出版節期間所舉辦的「作家之夜」座談中，王安憶曾經對衛慧、棉棉能否代表城市提出質疑，她認為這些新生代作家大部分來自上海以外的地方，對於融入這個城市有種痛苦的焦慮，因此描繪的多是吸毒、男女關係等潮流，誤以為這些就是城市的表徵。讀此部散文集，可以看出王安憶眼下的上海與這些人差異之所在，也更能理解王安憶一貫的視點：張愛玲太虛無，衛慧、棉棉太浮華；最足以代表上海女性的，反而是在刀光劍影，或是碎枝末節中營生的三、四〇年代女人蘇青。在這部散文集綿密糾纏、枝枝蔓蔓的筆觸中，我們於是看到日裡夜裡，身著粗布衣裳穿梭在上海弄堂中的尋常女性；看到王琦瑤、阿三、妹頭、富萍等小說中的人物款款而行；然後我們看到王安憶，自己從散文中走了出來。

我的同學董小蘋

◎王安憶

董小蘋是我小學的同班同學。入學不久，我們就約好了，由她來叫我去上學。前一日下午，我很興奮地向家裡大人宣布了這一消息。到了第二天的早晨，只聽前邊大門外有聲音叫我的名字：「王安憶！」我，媽媽，阿姨，三人一同奔過去開門，媽媽一眼看見董小蘋，就驚訝地叫道：「多麼好看的小朋友啊！」說罷就去拉她，她逃跑了幾步，最終還是被媽媽捉住，拉進房間。記得那一日她穿了一件白茸茸的大衣；戴一頂白茸茸的尖頂帽子，臉蛋是粉紅色的，一雙極大極黑的眼睛，睫毛又長又密，且向上翻捲著。我媽媽始終拉著她的手，問長問短，她的美麗使媽媽非常興奮，而站在一邊的我，則滿心委屈，妒忌得要命，眼淚都快下來了。當我們終於一同走出門，她很親熱地將胳膊摟住了我的脖子，這時候，心中的怒氣不由全消了，取而代之的是滿心的感動。

她是一個特別幸運的女孩。那時候，我們都這樣認為。她不僅形象美麗，而且極其聰慧，功課門門優秀，唱歌也唱得好，口齒伶俐，能言善辯，穿著打扮十分洋氣。外班的老師或同學提起她，常常是說「那個娃娃一樣的小朋友」。當時，我們年級共有四個班，凡是受過幼兒園教育的孩子，都編在一班，二班，還有三班。像我們第四班，都是沒有讀過幼兒園直接從家庭來到學校的。因此，在這個班上就出現了一種較為複雜的情況：絕大部分的同學出身都相當貧寒，甚至有一些家長沒有穩定的職業。年級裡學費半免或全免的同學幾乎都集中在我們班，還有一些同學長期拖欠學費。記得有一次，一位老師催繳學費急了，衝動地說了這樣一句話：「人家一班二班沒有一個同學學費半免全免的。」而在四班裡卻另有一小部分孩子，出身於資產階級或者高級職員、知識分子家庭，在學校教育之外，有一些孩子還另外請家庭教師學習英語、鋼琴、美術等等。在此就集中體現了六〇年代初期的一種「階級分化」情景。

董小蘋所住的一條弄堂，是一條相當貧民化的弄堂。弄口有一個老虎灶，老闆是一個乾瘦多病的老頭，也許是患有肺結核或者風溼病，他長年佝僂著腰背，卻昂了頭，兩條胳膊向後伸著，頗像當時廣播體操裡「全身運動」的那一節，於是，調皮的孩子都叫他做「全身運動」。他的孫子就在我們班上讀書，是出名的皮大王。祖孫住在老虎灶後頭一個洞穴樣黑暗的破屋內。弄前是繁榮似錦的淮海中路，霓虹燈在夜晚裡閃閃爍爍。這弄堂曲曲折折，坎坎坷坷，房屋不整。放了學後，有時候她邀我去她家做功課，我們走進那個煙燻火燎的弄口，踩著破碎骯髒的路面，來到她家門前。開門是一條過道，過道旁有一扇門，通向堂皇的客廳，一周皮沙發椅，圍了一張西餐長桌，吊燈低垂在桌面上方。在我時至今日的印象裡，客廳總是暗暗的，好像從來拉著窗帘，隔開了裡外兩重天地。我們順了過道一直走向後面的廚房和洗澡間，再上了樓梯，走進她自己的小房間內。牆上掛了她與母親大幅的著色的合影，母親背對了照片，她正面地抱著母親的脖子歡笑。我們做完了功課，就到樓頂曬臺去玩，望著樓下破陋的弄堂，就像是另一個遙遠的世界。那時候我們無憂無慮，從來沒有想到這樣的差別會帶給我們什麼樣的厄運。我們在一起有無窮稀奇古怪的遊戲，在她家的曬臺上或我家的花園裡種蔥，並立志要去考農學院。我們將種出來的蔥夾在麵餅裡，吃得生腥滿嘴。我們又常常互相生氣，由於都是同樣的任性與嬌慣，誰都不肯寬容對方。而在我們互相冷淡的日子裡，彼此都是那麼的寂寞和孤獨。放學回家的時候，我們各自坐在課桌前，磨磨蹭蹭地整理書包，期待著對方與自己說話。和好的日子則是那樣歡欣鼓舞，陽光明媚，就像是為了補償虛度的時光，我們以加倍熱烈的語言表達互相的信任和友愛，這時候，她告訴我，她的父親是一個資本家。

關於她家是資產階級的事情，早已在學校裡傳開。由於小學是就近讀書，同學都住得很近，誰家是做什麼的，誰也瞞不過別人的耳朵。比如某某同學的父親住在監獄，由於印假鈔票判有多年的徒刑；比如某某同學家裡是擺小書攤的，他常常帶了一疊一疊的小人書來學校看；還有誰家的父母是山東南下的幹部，家裡家外說的都是山東方言，天天吃饅頭，等等。同學之間又喜歡傳舌，往往會誇大其詞。就這樣，人們將她家描繪成一門豪富。過了許多年後，我才從她那裡了解到：在她父親還是一個青年的時候，以工業救國的理想和祖上傳下的一份遺產，夥同兄弟合資開了一個銅廠。其間幾起幾落，幾臨破產與倒閉，幾度危難，而終於支撐下來。在她出生的時候，工廠已經公私合營，父母懷了犯罪的心情，戰戰兢兢地吃著一分定息，時時告誡自己和兒女，不得走剝削的道路，做共和國的好公民。有一次，她很認真地對我說，現在有一條內部的政策：一個出身不好的青年，如果表現特別優異，就可以改變成分。我當時聽了就很懷疑，說黨的政策是「出身不能選擇，前途可以選擇」，並不是改變「成分」的意思。而她堅持說確實有這樣一條可以改變「成分」的政策。現在想想，這條政策大約是她自己從「出身不能選擇，前途可以選擇」的思想裡生發與推理出來的。她是家中最小的孩子，上面有三個哥哥一個姊姊，父母以自己的身體承接了命運的暗影，將她溫暖地庇護起來。幸福快樂的她將一切都想得那麼美好，年輕的共和國且又給人許多希望。

後來，我常常想：假如沒有「文化大革命」，董小蘋會怎麼樣？遠遠在「文化大革命」一開始之前，似乎從一開頭就是這樣：除我之外，董小蘋幾乎很少好朋友，班上同學總是和她很疏遠，儘管她學習優秀，參加公益活動也熱心，可她在少先隊中只是一名小隊長。同學們背地裡說起她，就總不那麼滿意的樣子。而老師的態度也很微妙，記得有一次算術課上，她的課堂回答錯了，窘迫而又憨態可掬地張著嘴，不料老師卻惱怒地說：「伸什麼舌頭，又不是狗舌頭！」老師的激怒使我感到非常吃驚和奇怪，一直到我長成一個成人之後，才理解了這位老師複雜的心情。她的美麗，聰敏，嫵媚，可愛，以及優越的生活，使許多人的心裡感到不安與不平。想到這裡，我就發現，「文化大革命」以及這「革命」中許許多多殘忍的事情，是不可避免地要發生了。

在小學最後的一年裡，也就是「文化大革命」開始的前夕，我與董小蘋為了一件極小的至今誰也說不清楚的事情鬧翻了，兩人不再說話，形同路人，為了氣她似的，我故意去和一些平素並不投合的同學要好，進進出出的。就這樣，一直到了「文化大革命」。小學雖不停課，卻也亂了章法，成天鬧鬧嚷嚷的也要開展「文化大革命」。有一天早晨，有人在董小蘋的課椅上寫了「狗崽子」的字樣，待她進教室看見了，就說了大意是「寫的人是寫他自己」這樣的話，就有一個同學跳將起來同她吵。這一個同學出身於一個極其貧困的工人家庭，身上從未穿過一件完整的衣服，性格卻很倔強。吵到後來，在場同學漸漸分為兩部分，一部分沉默，另一部分幫了那同學吵，而董小蘋自始至終是一個人，她卻毫不讓步，聲嘶力竭地強調：「出身不能選擇，前途可以選擇。」最後，大家一併將老師找來，要老師證明，究竟是誰的道理對。老師漲紅了臉，支吾著不敢明斷。這時我看見很大很大的淚珠從董小蘋的臉頰上滾了下來。我悄悄地退了場，心裡感到非常難過。這些日子裡，每天夜裡我都不敢入睡，覺著紅衛兵每時每刻都會破門而入進行抄家。我期待著他們敲門，心想：抄過了就好了。而他們終於沒有來，不知不覺，童年就在這種焦慮與恐懼的等待中過去了。

這一年裡，發生了多少事情啊！就在我們班上，有兩個女生相繼夭折，一個是患肝癌，另一個是急性腦膜炎。前一個拖了有半年時間，死後，她母親託人叫我去她家取借給她看的小說書，那母親將一疊保護得很好的書交給我，一邊哭訴著她死前的情景。我望著她平日睡覺的空蕩蕩的閣樓，心裡充滿了虛無與茫然的感覺。後一個同學在一晝夜之間消亡，有同學跑來告訴我，說她給她們猜的一個謎語還沒有告訴答案，現在誰也不知道那答案了。許多日子過去之後；我才知道這一年裡，董小蘋經歷了什麼。一週之內，紅衛兵兩次上門抄家，抄走了家中的最後一分錢，砸碎了家中最後一只完好的熱水瓶。一日之間，全家作了賤民，從此，開始了凌辱與貧困的生涯。到第二年開春，我們根據地段劃分進了附近的中學。在學校裡，我遠遠地看見了董小蘋。她穿了一件舊罩衫，低頭默默向自己的教室走去。後來，我們就常常在校園裡遠遠見面，可是誰也不與誰說話。她是那樣沉默，幾乎沒有人注意到她，也聽不見別人談起她，就好像沒有她這一個人似的。中學的生活是那樣無聊，或者坐在教室聽拉線廣播，或者坐在操場地上開大會，太陽烤得人頭昏眼花。

後來，我去了安徽插隊，而我中學裡的好朋友在我走後半年，去了江西一個林場。她從江西來信說：你知道我現在和誰在一起？和你小學同學董小蘋在一起了。她信中還告訴了我，董小蘋想與我和好的願望。在經過了那麼樣的時日之後，兩人間的一樁小事顯得多麼無足輕重。我回信時便附筆向她問候了，不久，就收到了她附來的短信。而正式的見面，是在兩年之後的夏天。我們一同在上海度暑，有一天，我去了她家。她從樓上下來迎接我，將我帶上二樓。除了二樓以外，其餘的房間全被弄堂裡的鄰居搶占了。這時候的我們，彼此都很生分，並且小心翼翼的，似乎不知道什麼話該說，什麼話不該說。她穿了舊衣舊裙，紮了兩個短辮，形容依然十分姣美，眼睛又黑又大，睫毛又密又長，可是臉上的表情卻失去了小時的活潑與生動，老老實實的。只有當她母親說起我們小時的淘氣，她浮起笑靨，往昔的董小蘋才回到眼前，可是轉瞬即逝，又沉寂下來。過後，我們就開始了間歇很長並且平淡的來往。通過我中學的好朋友，我也不時能得到她的消息。我知道她在那裡依然很孤立，周圍有許多對她極傷害的猜忌與流言。然後，我又知道她在很短暫的時間內，以過硬的病由和極大的決心辦了病退，回到上海，在街道生產組做工。這時候，我們家搬離了原來的地方，而她也搬出了原先的弄堂，被搶占的房子再無歸還的希望，而十年裡慘痛的記憶也無法抹平。一九八〇年的冬天，她來到我家。這時候，她已考上華東師大歷史系，她騎了一輛自行車，是在星期天晚上返校的路上彎到我家。她剪了短髮，穿一件樸素的外衣，態度有些沉默，說話總是低了頭。我們互相談了些這幾年裡的情況。我已於七八年春回到上海，在《兒童時代》社工作，從北京中國作協文學講習所回來不久，發表了一些小說，行將走紅。她自七五年底病退回來直到七九年進校讀書，此間一直在一個做繡花線的生產組工作。上大學是她從小的心願，在林場時，曾經有過一個大學招生的名額，卻給了一個連一張通知都寫不流利的男生，因為他有一個好出身。她聽了這消息幾乎昏厥，雖然她不相信會有什麼好運落在自已身上，可心中卻無可抑制的暗暗揣著希望。後來到了上海，七七年恢復高考制度，她便開始了準備。而如我們這樣六九屆初中生，僅只有五年級的文化程度，一切都需從頭學起。七七年的考試且又是競爭空前激烈的一年，自六六年起的歷屆畢業生全在這一時刻湧進了考場。她嘔心瀝血，最終卻落榜。她後悔道，如果考的是文科，分數線就過了，而卻考了理科。然後，到了一九七九年。這兩年中發生了多少變化，工商業者的工資、存款、定息、抄家物資紛紛歸還，生活漸漸闊綽起來。國家政策開放，出國漸漸成風，許多漂亮的或不漂亮的女孩嫁了闊佬與洋人脫離苦境，而她還在繡花線作坊裡勤勤懇懇地做一名倉庫保管員，以業餘時間進行補習，再一次進了考場，終於榜上有名。在天高氣爽的秋季，那一個新生進校的場面，一定是非常激動人心。年輕和不再年輕的大學生們一同走進校門，誰會注意一個董小蘋歷經數年的奮鬥呢？誰會知道她從什麼道路上來？誰知道這一個沉默的總是生怕引起別人注意的女生，曾經有過一個燦爛美麗的童年，而在一切被踐踏與毀壞的日子裡，多少強大的男人都墮落了，銷聲匿跡了，這一個嬌嫩柔弱的女生不僅堅定了她的自尊與自愛，還保存了一個理想，並使之實現。在秋天這個入學的早晨裡，有一個理想實現了。

她讀的是歷史，心下卻喜歡中文。大學畢業後，分配到母校向明中學任教。一年後她結婚懷孕，正遇學校實行聘任制的改革，於是以懷孕與產假期間無法正常上課的理由「不被聘任」。她連日奔忙，終於為自己找到另一份「被聘任」的工作時，教育部門又下達了師資不外流的文件。經過又一番奔波，終於調入上海社會科學院青少年研究所，辦一份名叫《上海青少年研究》的內部刊物。

這時候，我已開始全日製作一名「寫家」的生涯。我埋頭在一些虛擬的故事之中，將我經過、看見、聽到的一些實事，寫成小說。我與我的文友們談天說地，將一個個自己或者別人的故事拿來搜刮出真理。我到郵局寄信，我到銀行取款，我出國在機場驗關，有時候我只是在菜場買菜，會有人認出我，叫我青年作家，使我的虛榮心得到很大滿足。可是，我又知道，自己不僅是人們所認識的那一些，而在那一些以外，自己還有一些什麼呢？有時候，在最最熱鬧的場合我會突然感到孤獨起來，覺得周圍的人都與我隔閡著。那些高深的談吐令我感到無聊與煩悶，我覺得在我心裡，其實包含著簡單而樸素的道理。就這樣，我和董小蘋的往來逐漸頻繁起來。我很喜歡在她自己那一個簡陋而凌亂的家裡坐上一時，說一些平常卻實際的話。她和她的丈夫、兒子住一套十三平方公尺的往昔看門人的寓所，她的丈夫與她是生產組的同事，又一起考入同一所大學，現在教育局工作。兩人都在「清水衙門」，收入絕對有限，她又不慣向人開口，即便是自己的父母。為了改變現狀，曾努力為丈夫留學日本作過爭取，可是人事多蹇，事情遙遙無期，卻已負了一身債。她縮衣節食，幻想著無債一身輕的幸福時光，並執意培養孩子對拮据的家境有承受的能力。她在八七年脫離編輯工作，專搞青年學生的比較研究課題。在一個大雨滂沱的天氣，我們不合時宜地在她家作客。積水頃刻間在她家門前淹起湖窪，隔壁公共食堂進水了，老鼠們游水過來，棲身在她家臺階上避雨。她安詳地去幼兒園接回兒子，再去買菜買麵粉，自行車像乒艦一般在大水中航行。然後她從容不迫地剁肉做餡，大家動手一起包一頓餃子。餃子熟了，我們各人端了碗找個角落坐下就吃，那情景就好像是插隊的日子。在這間小屋裡，我感受到一種切實無華的人生。她讀書，做學問，寫論文，從一個作了針線匣的紙盒中取出針線，給兒子釘一條斷了的鞋帶，從自己微薄的稿費中留出了五塊錢，為自己買一條換洗的裙子，她的每一個行為都給我以真實和快樂的感染。在這裡，每度過的一日，都是勤勉而有意義的一日。

八八年春天，她因與日本青少年研究所合作的課題，受邀去了日本。去之前，她將五百元置治裝費大都添了結婚五年來沒有添置的日常衣物。當我向她提議應當做一件睡衣，她露出茫然的神色道，她連想都沒有想過，還有睡衣這一件事情。我不由想起幼年時她那小公主般的臥室，心想：這一個粗糙的時代將她改變得多麼徹底。如今，只有她那白皙的膚色與細膩的氣質，以及某些生活習慣，比如從不去公共澡堂洗澡等等，才透露出她埋藏很深的貴族氣。而她現在再怎麼高興也無法像她童年時那樣歡歡喜喜地大笑。她穿一件稍漂亮的衣服就引來人們羨嫉的目光，也會使她惴惴不安。然後，她就去了日本。令她十分失望與不快的是，日方合作單位，出於一種成見，竟將請她去日本僅僅當作是對合作人員的一種優惠，並沒有做好工作的準備。日方再沒有想到，這一個中國人，來到繁華的東京，是為了和他們做認真的工作會談，他們措手不及，最終只能真誠地道歉。她去日本的時候，正值大量學語言的上海人湧上東京街頭打工的熱潮中，某一些中國人卑下的行徑，使得戰敗後成功崛起躍到世界前列的日本國人滋生了傲慢。她所居住的單身宿舍寮長，一個二十三歲的男孩，通過翻譯問她會不會日語，她說不會，他便說道：你既來訪日本，應當學說幾句日語，每天早晨，也好向我問個早什麼的。她當即回答道：你們日本要與中國長期做鄰居，你也應當學會漢語。當她向我敘述這些的時候，使我想起了小時候的她：她鋒利而不饒人的言辭，敏捷的反應，極度的自尊心，以及認真的求學態度。我感動地想到：在極盡折磨的日子裡，她竟還保持了這些品質，這使本來就艱難的生活更加艱難。

從日本回來之後，我覺得她起了一些變化，恢復了自信心。她常說，是社科院青少所給予了她認識自己價值的機會，消除了她的自卑感，使她覺得一切尚有希望。這希望是經歷了許多破滅的日子才又生長起來的。

當我從虛榮裡脫身，來到她的生活裡，一同回憶我們小時候活著與死去的同學，親愛或並不親愛的老師，互相道出那時候可笑可歎的故事，在我們離開的日子裡各自的遭際與命運，我覺得真實的自己漸漸回來了，我身心一致，輕鬆而自然。她的生活使我能夠注意到，在我的生活裡，哪一些是真實的，哪一些是有意義的，而哪一些是虛假的，哪一些又是無聊的。

● 作者簡介

王安憶

一九五四年生於南京，翌年隨母親遷至上海，文革時期曾至安徽插隊落戶。曾任演奏員、編輯，現專事寫作並在復旦大學任教。

《長恨歌》榮獲九〇代最有影響力的中國作品、一九九八第四屆上海文學藝術獎、一九九九年亞洲週刊二十世紀中文小說一百強、二〇〇〇年第五屆茅盾文學獎、二〇〇一年第六屆星洲日報「花蹤」世界華文文學獎；《富萍》榮獲二〇〇三年第六屆「上海長中篇小說優秀作品大獎」長篇小說二等獎；《天香》獲二〇一二年第四屆紅樓夢文學獎；《紀實與虛構》獲二〇一七年紐曼華語文學獎（NEWMAN PRIZE FOR CHINESE LITERATURE）。

二〇一一年入圍第四屆曼布克國際文學獎（Man Booker International Prize）。二〇一三年獲頒法蘭西藝術與文學騎士勳章（Chevalier of the Order of Arts and Letters by the French Government）。

著有《紀實與虛構》、《長恨歌》、《憂傷的年代》、《處女蛋》、《隱居的時代》、《獨語》、《妹頭》、《富萍》、《香港情與愛》、《剃度》、《我讀我看》、《現代生活》、《逐鹿中街》、《兒女英雄傳》、《叔叔的故事》、《遍地梟雄》、《上種紅菱下種藕》、《小說家的讀書密碼》、《啟蒙時代》、《月色撩人》、《茜紗窗下》、《天香》、《眾聲喧嘩》、《匿名》、《鄉關處處》等。

作品被翻譯成英、德、荷、法、捷、日、韓、希伯來文等多種文字，是一位在海內外享有廣泛聲譽的中國作家。

鎏銀流金，歡然不驚

——簡媜《誰在銀閃閃的地方，等你》

簡媜新著《誰在銀閃閃的地方，等你》文分五輯：「肉身是浪蕩的獨木舟」、「你屬於你今生的包袱」、「老人共和國」、「病，最後一項修煉」與「誰在銀閃閃的地方，等你」，前二卷由言「生」起始，後三卷及於「老病死」。簡媜向以計畫性創作自期，本書厚達四百七十八頁篇幅的內容，事先亦進行過縝密的創作工程規畫，此在〈序〉中業已說得清楚明白。顯見伴隨著生命歷程的轉化，作者始終具有充分自覺的創作意識。

坊間其實並不乏關於老年社會、老年生活以及生死學等相關議題的書寫，其中有屬於應用教戰者（如上野千鶴子《一個人的老後》）、有偏於案例分享者（如黃勝堅《生死謎藏》），或有出之以哲理說解者（如傅佩榮《哲學與人生》等），但以文學筆觸完整探討者，則殊為少見。簡媜以其一貫靈活多變的風格，在書中談生死、談老病，幽默自嘲、百無禁忌，想像與現實交錯，散文與小說體並行，其中〈阿菊去算命〉、〈浪子回頭〉等小節，且活生生示範了「微」鄉土劇素材的演出。

本書首篇〈在街頭，邂逅一位盛裝的女員外〉，開宗明義指出作者對於老齡社會的敏銳洞察：老者以及準備不夠的下一代，勢必衍生諸多家庭及社會問題。在如此深遠的憂慮底色裡，輯一諸如〈活得像一條流浪狗〉，因社會諸多亂象而失落，行文間乃稍有憤激之聲。〈老，是賊〉則相當辛辣地指出老化的事實，例如將鬆垮發胖的歐巴桑體型視為「災區」，其與「觀光景點」之間的對照令人發噱；而黑髮與白髮，則猶如仲夏夜甜香黑森林與戰後枯樹惡草的荒村，二者有雲泥之別。凡此皆挾諧謔筆觸，消遣肉身之衰敗，且藉地下錢莊、小嘍囉等設想，進行「我」與老化之軀的對話。

輯二是對自我人生版本的反省，行至深秋風景，迴思生命是否只是章節間的複製？人生是否有做得了主的段落？種種怨懟遺憾、諸般物執情迷，全需回歸心靈小屋，重做梳理。而凡此梳理，無非是為進入老年生活預作準備。自輯三起，作者採夾敘夾議的筆法，其中關於老化社會所引用的數據，觀之怵目驚心，也顯示危機之迫切。至於養老的「空間」問題，諸如公寓、今昔大廈構造模式差異對老者行動的影響等，非親身擔任照護之責者，實不能留意及此。

作者自謂輯三可謂「書中書」的架構安排，其中「阿嬤的老版本」系列凡四，尤為精采：〈哀歌的屋簷〉追溯兒時諸般不善的回憶，由此見生命的大慟與隱痛；〈世界降下她的黑幕〉寫阿嬤日漸敗壞的眼疾；〈宛如流沙〉描繪阿嬤老化快速的身體；〈哀歌無盡〉則不捨失智併發老年憂鬱症的阿嬤。在作者溫柔而不失豁達的描述裡，身體江河日下的阿嬤，卻以對家庭無私的愛，化解了一切橫逆，終其一生，阿嬤以自然、真樸而高貴的精神人格，將「抑鬱悲苦的深藍煉成暖日晴空」。

在本書裡，「阿嬤」與照顧阿嬤的「阿母」形象鮮明，她們正是《紅嬰仔》時期教會簡媜「在湯裡放鹽、愛裡放責任」的母者。也因此，將《誰在銀閃閃的地方，等你》與《紅嬰仔》並觀，實有互為對照的深意，讀者自可由此照見作者對生死議題之關懷，以及女性傳承的鄭重意義。其他談論「老」「病」「死」數輯中，舉凡〈侍病者是下一個病人〉等，言及對於看護以及侍病者的體恤與感恩，處處可見人與人之間的善意，在插科打諢、嬉笑怒罵的調侃之後，那些「給老仙女的私房話」尤為動人。凡此對於美善的嚮往與禮讚，亦需回歸《紅嬰仔》時期的「密語」系列，重行審視，始可見簡媜對於生命品質的期許與堅持，以及自阿嬤、阿母以降良善的品性傳承。

作者在本書中著意書寫的長輩們，除了阿嬤簡林阿蕙女士，體現出靜肅孤獨的老者之美外，尚有公公姚鴻鈞先生，默默實踐其淡定自持的體貼之情，至於齊邦媛老師，則以「讀書人的樣子」自期。簡媜從〈醫院浮生錄〉的老人百態裡反省自我；從其所尊敬的長者身上，則預習了生命應當如何「尊貴地離席」，由此與未來的自我對話，藉五則「幻想」完成對肉身的致敬與老年的預習儀式。

本書序文「致讀者」部分嘗有如下私語：「熟悉我作品的你們恐怕也跟著我漸老了，設想你們也開始要修習父母的或是自己的『老病死』課程。你們伴著我走過浪漫、空靈、典麗、樸實，跟著我讀了『初生之書』《紅嬰仔》、看了『身世之書』《天涯海角》，現在也到了該翻翻『死蔭之書』的時候了。」在這本死蔭之書裡，作者以二十六萬字滔滔言說，其中有社會觀察與批評，有知識閱覽與思考；有個人親身經驗的體察；亦有浮生眾相的彙整與素描。其厚度除了展現於卷帙之浩繁外，尤在於內涵兼具「人情」的厚度與「智慧」的厚度。從《水問》到《誰在銀閃閃的地方，等你》、從少女時期逐漸邁向中老年階段、從流金歲月步入鋈銀人生，簡媜展現出如銀髮般閃閃發亮的圓熟與智慧，何等光耀美麗。

哀歌的屋簷──阿嬤的老版本之一

◎簡媜

太陽現身，柔和的光線穿透老竹，宛如一團綠雲般的竹葉周邊被金黃的光染亮了，濃密中篩出無數道亮光，像遠方有人射來密密麻麻的箭，消融於清新的空氣中，原本流淌著清涼露水與薔薇淡香的空氣，漸漸升溫，鬆上光的味道。遠近雞啼，聲音的接力，太陽升起。

稻田平野，散布著農舍，如撒珠一般，各以蜿蜒的小路相連。離河不遠，老竹圍出一獨立的幽篁，內有三間厝，中間是我家，左右兩戶，一是同宗房親，一是雖無親戚關係但相處融洽的鄰人。

幽篁內自成一處平凡的世界，嫁娶、嬰兒誕生，一代接續一代；離家掙錢的、返家過節的，可是掙得的財富卻也因水患而毀去所有收成。歲月沿著竹叢頂端盪她的小腳尖，於風中吹奏神祕的哨音；那飄散的音符紛然夾入黎明的雞啼中，混入靜夜的狗吠，時而接續於兒童的一陣嬉笑之後，或是隨著一隻消瘦的蟾蜍躍入門前泥塘，發出撲通一聲。無人能從喧譁的眾聲之中挑出歲月所吟誦的歌曲，聽出如行雲如流水的田園古謠，隱喻著哀歌。

阿嬤是順安村那邊的人，離每年做大水的冬山河有一段距離。她是家中老大，弟妹多人，耕種之家，父早逝。她天生具有疾如風火的勞動天賦與效率，粗重如莊稼、細膩如繡花，不粗不重如醃菜做粿包粽、飼雞養鴨兼及祭祀禮拜、召魂收驚等民俗百科，無一不通。那年代，具有這些本領的農村女性才能活，她天生好問好學又勤勞刻苦，所以練就一身活功夫。

唯一遺憾是不識字。她說小時候，「學校的先生來厝內問有囝仔要讀書否？我跑很遠，躲起來不敢回去。」她聽說學校老師打學生打到真悽慘，「驚到欲死死」。

她說的是日據時代，即使進學校，女孩子念了一年半載，也會被叫回家背小孩、煮飯，以輟學收場。但她不知從何習得加減乘除的心算之法，做小營生的時候，也能斤兩無誤地算出正確的數字。

我們嬤孫曾閒聊，她說過，做「查某囝仔（少女）的時候救過兩個人，一個是住附近的阿婆，要喝農藥正好被我看見，一個在港邊欲自殺，我問她要做什麼？不知是不是因為這樣，所以我一世人這麼歹命。」言下之意，死神正在執行勤務卻被她阻擋了，因此降禍使她命運多舛。我說：「照妳這麼說，做醫生的要被千刀萬剮囉！再說，人若註死，誰擋得住？妳擋得了一次，擋不了第二次，那受命要帶人赴死的神技術不好，不自己檢討哪裡沒做好，怎能怪妳？」她覺得我的說辭有些似歪不歪的道理。

那年代的風吹遍四野，那年代媒婆的腳也是遍行無阻的。有人向她的姨啊——當時慣稱母親為姨啊，稱父為阿叔，提到武淵那邊有個姓簡的，有幾甲田地，人老實可靠。雖有一個童養媳，但他不喜，另嫁了，眼前正是適婚年紀。某日，她在田裡作息，有人叫她看，「就是那個人」，她遠遠看見一個戴斗笠的男子騎腳踏車經過，想必只看見風中蓬起的衣衫及一隻上下踩動的腳，卻瞬間完成驚心動魄的戀情，就此踏進簡家門。

二十多歲，她成了寡婦，我阿公不到三十歲，在同伴作弄下誤踩一具甫被撈起用草蓆蓋著的浮屍，自此受驚而神魂恍惚，發燒、吐瀉不止，求神問卜，不及一個月而亡。我猜測是急性腸胃炎，但阿嬤認為是沖犯煞氣，被惡靈糾纏。她一生不能釋懷，惡作劇的人為何這麼壞，騙她的丈夫草蓆下是一尾生眼睛沒見過的大沙魚。

惡靈繼續糾纏她。阿公死時，阿嬤已懷胎八月，不多久，產下一子——我的叔叔。這出生在悲傷的眠床上的小嬰兒，並未好好認取他的母親的臉，一週後，隨著他的親生父而夭亡。

夫死子逝，那年夏天是她生命中的第一個寒冬。幫忙喪葬的人將小嬰兒埋在何處不復記憶，也就無遺骨可撿。阿嬤為他取名「阿祿」，以衣冠入骨灰罈，進住自家墓園，與他的父親作伴。雖然只有七日生命，卻是她一世的懷胎記憶，即使只有七小時，做母親的也不會忘記有這一個兒子。

另一個字，也同「祿」一樣，從此被家族剔除，這字叫「慶」——阿慶，我的另一個叔叔。

六歲的阿慶長得可愛，機伶乖巧，正是跑跑跳跳的年紀。某日黃昏，一個頑皮的十二歲男孩赤裸全身，自臉至腳塗抹田泥，看阿慶走來，躲入竹叢，忽地竄跳而出嚇他，阿慶驚哭而連連夢魘，不多久，喊肚子痛，伏在他姊姊的背上已失去神采，垂目而亡。

阿嬤失去第二個兒子，她不提這事，不曾描述六歲孩子的模樣，我猜，那絕對是扯裂心肝的悲傷。

家族墓園裡躺著三個男的，一個青年，一個嬰兒，一個兒童。

近六十年之後，我告訴阿嬤我要來去嫁了，她問那未來的孫婿叫什麼名字？我說他的名字有個慶字，妳就叫他「阿慶」好了。那時，她八十二歲，全盲，忽然表情下沉，抿嘴不語，我問她：「叫阿慶不好啊？」她有了惱意：「不好，那是妳阿叔的名字。」我辯說：「人家他老爸老母給他取的，跟阿叔同名有什麼關係？」她欲言又止，說：「不好就是不好！」她堅持以較難發音的他的姓來指稱他，一嬤一母皆以姓氏叫孫婿、女婿，完全違背禮俗與家常用法。我理解阿嬤的心理，除了不祥的考量之外，「慶」這個字只能屬於她的六歲兒子，只能用來標記她的悲傷。

還有一個女兒，落土即夭。阿嬤也很少提她，取了小名曰阿嬰，依俗不能入住家族墓園，阿嬤以紅紙圈著一個鳳梨罐頭，做香爐，宛如是小閨女的紅瓦小閣樓，安放在餐桌旁的牆壁凹槽，保留同桌共餐的情感想像，不讓她成為無處可去、無人祭拜的孤魂。逢年過年，她叫我點三炷香，「去拜妳阿姑」，所以我暱稱之為「罐頭姑姑」。阿姑長大了，吵著要嫁，這是阿嬤感應到的，經人媒合，辦了冥婚，從此阿姑有人拜了，紅瓦小閣樓回復成空罐頭，自此撤除。

阿嬤身邊只剩一個長子，三個女兒。

她把嗜吃白飯的二女兒送給同村的殷實地主做童養媳，盼望她在那裡有大碗大碗的白飯可吃。豈知，那養母視她如奴，罵她毆她虐她，她逃回家，哭求：「姨啊，我不要回去！」阿嬤認為做人要守諾，牽她的小手送回養家。養母繼續罵她毆她虐她。於今，這老養女我那上知天文下知地理的親二姑，回想往日苦處仍會老淚縱橫，想一遍，哭一遍。在當時，我們眼中所謂純樸的農村，虐待養女乃是表面上賢淑知禮的婦人關起門來理所當然的管教行為。那被打耳光、捏臉頰、拍腦袋、用竹掃帚枝條狂抽全身的養女，不准號叫，打完，命她在蒸騰夏日穿長袖衣褲，以遮掩血跡斑斑的杖痕。

幾綹粗麻揉入絲綢禮服裡，仍是絲綢禮服。偶爾的殘忍作為編入知禮數、懂人情的女規裡，仍是有德之婦。人性是看不起比自己低下的階層的，一個被貧困的原生家庭放牧出來的女孩，她就是個奴，既是奴，就要用對奴的方式對她，罵她毆她虐她，理所當然。這是當時大部分養母的共識。而這些養母、後來都在童養媳事母至孝的侍奉下安享晚年。從來不需要說抱歉。

我曾問她：「阿姑逃回來，妳怎麼那麼條直，還把她送回去給她養母修理到金摔摔？」她怒道：「我哪知伊這麼夭壽，心肝這麼狠，打囝打到那款形？」以下是一串不甚悅耳的言辭。

兩個女兒在臺北學藝掙錢，獨子當完兵回家學做生意、娶妻生子，阿嬤的艱苦歲月應該告終了。

確實，當時看起來是如此。

我母來自濱海小村，賢慧多藝，學裁縫、善料理，文武全能。我是第一個降落在這戶屋簷的孩子，正是這個家轉為欣榮之時——這也注定，我的家庭角色是協助它再度欣榮。阿嬤是四十八歲的年輕嬤，對我極其疼愛，採買、巡田出入必背，炫耀於天地山川之前。直到五十七歲，她轄下共有五個內孫，二男三女，一屋八人，孩童追雞趕鴨、嬰兒索奶啼哭，轟轟鬧鬧，十分快活。

我阿嬤喜歡熱鬧，一屋子人聲鼎沸讓她有安全感，好像她創辦的親情公司顧客盈門、生意興隆。想必，她十分享受隨時有孫兒來投訴、密報、告狀之樂，「阿嬤，妳緊來看，妳俊林拿這麼大顆的石頭丟鴨子！」「阿嬤，伊搶我的金柑糖！」「阿嬤，給我五角買枝仔冰！」「我也要！我也要！」她用來呵孫的用語甚多，似乎沒有「別吵」二字。也許，兩叔一姑早夭的經驗，讓她對活蹦亂跳的童音別有一種放心的感受，耳朵張得像小雷達一般，自喧鬧中辨識每一個孫兒的動靜。所以，你朝四野喊：「阿嬤」，遠處河岸，三五個婦人蹲著洗衣洗菜，迅速站起來對你回應的必是她，她於風中依然認得金孫的聲音。

六十一歲那年，生命中的酷寒來臨。

她的三十九歲獨子因車禍被抬回家等待斷氣，她一見木板上獨子的慘狀，昏厥倒地，幾位鄰婦將她弄醒，她大叫兒子的名字，崩潰，又昏厥過去，又被抓頸筋、刮痧弄醒，她放聲呼救，數度以頭撞壁，被人緊緊抱住。

從來，我無數次重回十三歲眼睛所保留的那一夜現場，只從自己的角度感受到孤兒的無助，直到有了家庭，才有足夠的心智經驗從三十五歲母親的角度感受喪偶的悲痛，現在，我超過阿嬤首次當嬤的年紀且看到自己的兒子長得高頭大馬，可以從她的角度進入一個守寡多年的婦人在晚年被奪去獨子的絕望。一件死亡，若只從自己的角度體會，只是一件，若從家中每代的角度體會，那就不只一件。那夜屋簷下，是幼雛喪父，中年喪夫，老年喪子。

送進家族墓園的第四個骨灰罈，竟然也是男的。

這樣的遭遇，若說有什麼旨意，無非就是要她死。不，她還不能死，她必須帶十三歲、十一歲、八歲、六歲、四歲五個孫及耕種四分薄田。

我母必須出外營生掙錢，返家不定。那段期間，屋簷下是純然的黑暗。我父靈桌設於客廳，桌上燭光熒熒，爐內香煙裊裊，桌前有柱，左右各置紙人偶，柱上蓮花朵朵，曰：西方極樂世界。桌中央，嵌一幅放大的黑白照片，出入必見我父無悲無喜的臉，靜靜看著我們。

每晚，餐後梳洗畢，正是大大小小圍著飯桌做功課的時候。阿嬤完成一日份該做的勞役，也積了一日的苦悶，拿著她的毛巾，神情黯然，步履沉重，呼吸急促，走到客廳，在我父靈前蹲下來，喊他的名字：「阿漳啊——，我的心肝子啊！」繼而，放聲哀歌：「我心肝子啊心肝的子啊，你是按怎，放你的老母啊，做你去！」哭聲哀哀欲絕，泣訴：「我歹命哦，我死尪，恩望要靠我的子，是按怎，讓我無子可偎靠！我的心肝子啊，你放棄你的大子細子，讓他們日時暗暝，找無老爸！」

隔著一牆，我們寫作業的手停了下來，連六歲陪四歲戲耍的兩個也知道靜默。接著，淚珠滴在練習簿、課本上，咄咄有聲。我們只是孩子，沒有能力解釋那沉重的黑暗，只感覺胸口被灌了鉛塊，黑暗不是在眼睛之外，黑暗在體內。

有時是我，有時叫弟或妹，去客廳拉阿嬤的衣服；搖她的肩，說：「阿嬤莫哭了，阿嬤妳莫哭了！」我們嘴拙，只會像跳針的唱盤怯懦地說：「阿嬤莫哭了，阿嬤莫哭了！」直到她哭夠了，收聲，嘆息，回神，站起來，走到門口，一把拎乾毛巾上的淚水，水聲嘩然。

次晚如此，再次晚亦如此，哀歌成為她的晚課，少有停歇。有時，在家哭不夠，叫一個孫陪她步行一個多小時到墳場，尋到我父的墳頭，烈日下嬤孫兩人痛痛快快哭一場。較大的幾個，都陪她去過。我們陪阿嬤共嘗命運擲來的悲哀，而她，她忍住不死，留在世間陪孤雛長大；我們是她的牽絆，綁住她的腳，以致延長了她的悲哀。

仁慈的安慰也是有的，我們叫他「阿仁伯」，時常騎腳踏車到我家，與孤兒寡嬸閒話家常。他的腳踏車煞車聲，成為暗夜唯一溫暖的「人籟」——是的，我們是被天地拋棄的一家，叫天天不應、喊地地不靈。

比悲哀更能刺痛痲痺的心的是屈辱。隔鄰房親，視我們如仇。這三十歲的壯漢，在我父猝逝不滿三個月，出手揪我母的頭髮撞牆壁，自此埋下施暴的火線。他的理由是，我母好大膽，私自修砍他家後院的竹枝竹葉，若強颱來襲將毀損其屋厝。我母說明，竹叢高大，尾部若不酌以修剪，颱風一來將掃過水田，秧苗遭殃，而且竹蔭範圍過大，半塊田照不到太陽亦不利育稻，已多次請你們砍修不理，故自行砍修。他不聽解釋，莽起來便對寡嫂動手，全不顧他與我父源出同一個祖父。

換我母哭我父，搥桌曰：「你一身做你去，放一擔這麼大擔給我挑，放我一個女人任人欺侮！」

當夜，婆媳二人，又同哭一場。

我回想，是否我嬸我父我母為人失敗，才遭到如此對待？但我百思不解，他們三人都是寬厚善良的人，在村中皆有讚譽，何以如此？阿嬸雖愛罵我們，對待他人無一句粗話。何況，我記得有一年淹大水，他們家中無人，我父將兩老背來我家，一起躲在屋梁上。其妻生雙胞女嬰，一嬰染病，家中無人在，其母一腳微跛不利步行，我嬤抱那嬰步行、換車至鎮上求醫，如是數回。我記憶深刻，最後一次，他們央阿嬤抱那重病的女嬰再去求醫，阿嬤才出門不久，折回，直接進她家。我在門口聽到阿嬤說：「唉，走到半路，沒了。」這小嬰死在一個為她奔波的隔壁阿嬤懷裡。他們怎都不記得？

我們是罪人嗎？罪在何處？

次年，插秧前，由於新鋪路面，頗有一些落石掉到田裡，我母將田裡大小石頭一一掏出，有些置放在他家地界，我弟在遠處鋤補田埂，皆是尋常作息，連麻雀都不驚。

他的妻子看見我母勞作，認為掏石之舉將崩壞他家路基，至雜貨店打電話，要他火速趕回。他騎車而返，不由分說，出口以最辱級粗話罵：「幹你老母」，我母怒而回嘴：「我老母的腳桶水你也免想要喝！」他以一個壯漢的身手，一把抓住我母的頭髮，將她拖至路上，我母既痛且踉蹌無力反抗，他出拳搥打她的頭胸背，他的妻子趁勢圍過來死擰我母的大腿，我母哀喊，四野迴盪，在遠處鋤地的我弟看見了，劈啪劈啪兩腳飛奔於水田上欲趕來救母。此時，有一路過的男人，出手將我母與壯漢分開，那路人甚壯，強力挾持我母，硬是將她帶回厝內，我母哭喊要返回原處，因她看見她的兒子自遠處奔來，恐會遭到毒手，我母掙脫那路人，不顧痛楚跑回原處，目睹那壯漢將她的十二歲瘦小兒子壓坐在地上，重拳痛毆。

阿嬤聞訊跑來，見此情狀，大斥：「你這好大膽，你敢出手打人！」壯漢忤逆長上，偏頭如劈刀，嘲笑：「我把妳看出出（看透了），你子死了！」

我嬤說：「我子死了，我以後要靠孫，你這樣欺負人！」

他笑曰：「你的愛孫也快要沒了！」

就在此時，就在此時，阿嬤嘴唇顫抖，但語氣堅定，字句清楚，指著他，說：「我要目周金金（睜大眼睛），看你躺三年四個月給我看！」

我母我弟遍體鱗傷，驗傷後原要提告。但族親大老出面調解，意思是發生這種事乃是誤解所致，各人都有錯，就各退一步以和為貴。阿嬤念在他家中老母身體不佳，叫我母一切要忍耐，算了，不要提告。婆媳兩人都是寡婦，寡婦的路上常有人丟來羞辱的石頭。那些受辱的日子，阿嬤身邊只有我母，阿母身邊也只有阿嬤。

但此事未了。毆打孤兒寡婦之事傳開，壯漢之母為了替兒子卸責，四處散布流言，語意聽來彷彿是關切、憐惜、無奈，說我母死了丈夫之後，行徑大變，脾氣如何暴躁，性情如何乖戾，一天到晚找人吵架。

我母聞言，深感包藏在聽起來是關切其實是暗算的語句裡的心何等可畏！是非曲直怎可任人誣衊，話不明講，不是好漢。遂親自進她家門，恭稱一句長輩，說：「我平日待妳如何？妳生病，我端飯給妳，幫妳洗衣十日，妳欠油欠鹽，我無第二句話倒給妳，害我被我姨啊罵用這麼兇重。妳子打我母子，妳無半句話也罷了，還到處對人說我死丈夫脾氣壞！」

這長輩老羞成怒，反責怪我母：「妳講這些嘷哮話，妳不存好生，也是存好死！」

我母八歲喪父，三十五歲做了寡婦，好生好死這種被祝福、被憐惜、被保護的人生離她很遠很遠，她只求盡一個母親、一個媳婦的責任，不讓沒了阿爸的孩子又沒了阿母、沒了兒子的婆婆又沒了媳婦，她沒去死不代表她不想死，是不忍把一老五小留在世上不管，她眼睛看得到，已經是這款日子，若她眼睛一閉，那下場怎能想像？既然，這好生好死的大道理是經由一個歪曲事實的長輩之口來教導她，她也就不客氣地回答：「好，借妳的話還妳，妳不存好生也要存好死，妳在眠床上倒十年給我看！」

那黑暗歲月除了少數房親關照，全靠三個自身難保的姑姑出錢出力幫著苦撐。童養媳二姑自己有一大擔要挑，替公公送了終，需侍奉那打她打得半死的癌婆——老來才知這養女待她真好，也就不去麻煩其他媳婦了。二姑是鐵牛，以她那天生的善良與神人般的勞役技術，迴身協助了她的生母及五個姪。我十五歲北上求學求生，全靠大姑與屘姑擔待。人，想活下去，天，怎能擋得住？

於今回顧，那些無情的歧視乃是源自人性裡對死亡的恐懼，遂以殘忍的語言與手段釋放其驚恐；孤兒，彷彿罹患瘟疫，在學校、村落、同儕之間受到孤立與排擠。我小弟生平第一場像男子漢一樣的打架行為發生在小學一年級，有個大男生在背後嘲笑他：「沒老爸！」他為了證明沒老爸的小孩也能捍衛尊嚴也就不自量力地撲過去了，同時，卻也坐實師長眼中無老爸管教的孩子較頑劣的印象。

這款身世歧視直到交往年齡仍然令對方家長走避不及，勸曰：「這種家庭出身，我們家又不是孤兒院、養老院！」幸虧已受過毆打的震撼教育，否則乍聞此語豈不是該自卑得去燒炭！而寡婦加上雙寡老婦，在一般人眼中，必是邪靈附軀、惡魔纏身以及前世作惡多端今生遭到報應，所以活該是畸零人、弱勢者、賤民，人人得以朝他們吐口水、發粗語、揍拳頭。而在施行這些語言、行為時，他們彷彿為自己進行了一場驅魔除魅儀式，獲得淨身，遠離一切邪魔，消滅了死亡。他們從中獲得替天行道一般難以言喻的快感，不覺有錯。

對死亡恐懼，對遭受死亡打擊的人家生出嫌惡之感，扭曲了人性，他們認為喪家是邪魔，卻以行為證明自己才是邪魔的代言人。

我此生目睹最壯觀的風景是人性，有曠放瀟灑的人、也有貪婪不知饜足的人，有善良且熱情的人，也有邪惡置他人於絕境以獲得快樂的人。他人的同情非常珍貴，而別人對你的毀損，必須視之如日升月落乃一日之尋常，反擊之後，隨水而流。世間，可能不存在我們想像中的那種正義與公平。肇事的人毀了一個家，稍事賠償之後，不會有人堵在他家門口羞辱這一家人，不會有歧視跟隨他的子女好長一段路。但是，那被毀的家庭，卻必須遭受羞辱與歧視，彷彿活該如此。世間，不存在我們想要的那種正義與公平。當我們這麼想，等於放自己一條生路，也幫神解了套。

其實，他們都誤解了一件事：我們沒有罪，是遭逢不幸，但並未被剝奪天賦，我們被打入悲慟，但並未失去奮鬥的能力，我們在很小的時候當了孤兒，但不代表我們不會長大。以睥睨的眼神看著我們的人更弄錯了一件事，他們以為我們注定要困在黑暗裡，殊不知，有我嬤我母這樣犧牲自己給予全部的愛的最高領導，我們沒打算在黑暗裡待太久。

我父故去第十年，我們北遷覓地扎根，離開那哀歌的屋簷。

如果時光可以倒流，但願有慈悲的神出手阻止那一場車禍，為我阿嬤保住孝順的獨子，不讓她以淚養老，活活把眼睛哭瞎。如果，時光無法重返到憾事發生的當時，我嬤注定要失去心肝子，至少，我情願一牆之隔的房親不引爆那場毆打，這樣，我嬤我母不會說出那番話，而一切的一切，會不會因此有所不同？

「存好生存好死」的長輩一向身體欠安，晚年深受病苦，纏綿病榻十三年而逝。壯漢在五十多歲那年遭逢車禍，臥床多年後擱淺在輪椅上，前後十一年而逝。

「我要目周金金，看你躺三年四個月給我看！」

來自一個憤怒寡母我的阿嬤的咒語，在無盡悲傷的土地上，遺憾地應驗了。

● 作者簡介

簡媜

一九六一年生，本名簡敏媜，臺灣宜蘭縣人。臺大中文系畢業。曾任職於廣告公司文案、聯合文學、遠流出版社、實學社等雜誌與出版社編輯。現專事寫作，創作以散文為主，兼及兒童文學。曾獲臺灣學生文學獎、梁實秋文學獎、吳魯芹散文獎、時報散文獎、臺北文學獎、國家文藝獎等。著有散文集《水問》、《只緣身在此山中》、《私房書》、《胭脂盆地》、《女兒紅》、《紅嬰仔》、《誰在銀閃閃的地方，等你》等；近作為《我為你灑下月光：獻給被愛神附身的人》。

「即之也溫」的傳記

——宇文正《永遠的童話——琦君傳》

今年高齡九十的琦君創作數十年，著作等身，早已是家喻戶曉的知名作家，本書雖標榜為「琦君唯一授權的傳記」，但因琦君擅寫憶舊、懷人篇章，其筆下的父母、姨娘、肫肝叔等人物早為讀者所熟知，如何在琦君作品所陳述的世界之外，寫出一本別具新意的傳記，其考驗之艱難不言可喻。

撰者宇文正對此應早有認知，所以在章節的處理與安排上，她捨棄了一般傳記慣用的編年式寫法，而選擇以主題界定篇章的形式行文。開篇的「楔子」先由當下說起，寫回臺定居淡水的琦君夫婦日常起居，少年夫妻老來伴，宇文正以清新活潑的筆調，刻畫老夫妻間鬥嘴時的童心未泯，已初步奠定了全書的「童話」式基調；而以琦君「時間過得太快，都不記得了……」的慨嘆拉開全書序幕，也充溢了故事性與滄桑感，是相當琦君風的文筆展現。

全書除「楔子」外，主要分為三部，第一部「琦君——從水晶宮到淡水潤福」最見傳主風采。李唐基先生與琦君結褵半世紀，夫妻間的日常對話，饒富情趣與韻味，兩人彼此間的調侃，也隱約可見琦君文章中較少被注意的幽默特質。論及琦君的創作原由，除了天賦與興趣之外，傳中提到琦君酷愛寫信，丈夫外派紐約時，屢屢被萬言書疲勞轟炸，最後丈夫「不得不」把她勸到紐約作伴；到紐約後，琦君又寫信向朋友訴說客居心情，甚至當起「代書」——代丈夫回信給朋友，為免替友人製造困擾，丈夫只好勸她寫在稿紙上。瑣事種種雖屬戲言，從中卻可見李唐基對於琦君創作事業的鼓勵與支持。琦君的憶舊篇章，有不少是與丈夫閒話家常時，一段段「說」成文章的。在此部分的訪談紀錄裡，無論是日常對話或生活情境的點染，李唐基先生都發揮了極大的「綠葉」襯托效果。再對照琦君老來的有感而發：「今生健康能再恢復的話，我還要多寫一些東西」，作家將創作融入生活，對寫作終生執著的深情，實在相當令人動容。

第二、三部回溯及琦君的童年、少女時期，分節書寫作家生命中的親人、師長與友朋。除了令讀者重溫琦君書中刻畫的人物外，處在文言文、白話文交替歷程裡，時代的影響及受教階段與內容、恩師各自相異的教學理念，如何鎔鑄成琦君古典與現代融合無間的文風，從傳記中也可清楚得見。至於以「一副複雜的頭腦，一顆單純的心」行文，以及寫自己「真正的感覺」等夫子自道式的創作觀，也是傳記中相當珍貴的部分。其他如寫琦君與當代女作家間的交誼、寫其以文人身分任職法院的自適，均有啟發人心之處。

整體而言，撰者以平易的筆調描繪純真的作家，其言行笑貌躍然紙上，確是一部真得琦君風格真髓，令人「即之也溫」的傳記。

一副複雜的頭腦，一顆單純的心

◎宇文正

琦君高一時，國文老師王老師對她們說：「美國人讚美他們的偉人林肯總統，說他具有一副複雜的頭腦，一顆單純的心。這句話，正可借為學習作文的格言。一個人的心愈單純，對人間世相的感觸就愈敏銳，所留下的印象也愈深刻。」這席話，數十年來，琦君一直牢牢記在心頭。

一副複雜的頭腦，一顆單純的心——簡單的兩句話，正適合用來說明琦君的創作。

琦君談到自己的創作動機和寫作態度：「……許多童年的故事，寫下我對親人師友的懷念，也寫下我在臺灣的生活感想。這些，也許會被認為個人廉價的感傷，雞毛蒜皮不值一提的身邊瑣事，或老生常談卻自以為了不起的人生哲學。對於這些批評，我都坦然置之。我是因為心裡有一份情緒在激盪，不得不寫時才寫。」「數十年來，我一直只以一顆單純的心，從事寫作。從來沒有試著去探討生命的價值、文學的使命，也不去煩心迎合什麼潮流，或刻意為自己建立起什麼風格。我只是誠誠懇懇地、兢兢業業地寫我的所見所聞、所思所感。」

●生命的缺憾造就悲憫動人的文學世界

琦君生長於舊式大家庭，「官家小姐」的出身，豐富的舊經驗，提供她源源訴說不盡的故事材料，也因為她記憶力強、感受敏銳，對於童稚時的情事才能描寫得那樣深刻細膩。

她作品最大的魅力，自然是文章裡所涵泳的溫厚之情，但如果筆下呈現的只是單純的完美人生，不會吸引那麼多的讀者。事實上，琦君雖出身官家，在襁褓中即失去親生父母，十一歲失去唯一的親哥哥；雖有大媽疼愛，但與她相處最久、後來相依為命來臺的卻是難伺候的姨娘；剛剛成年，撫養她長大的父母（伯父、伯母）便已離世……飽嘗戰亂、漂泊之苦、親人離別之痛，琦君的一生是充滿缺憾的，而那缺憾反而造就她悲憫動人的文學世界。

琦君曾在一篇〈鱸魚無骨海棠香〉裡說明她對「缺憾」的看法：「希望鱸魚如能無骨，海棠如能有香味，人生豈不就十全十美了。其實這是東坡的幽默，他就是告訴世人，人生總是有缺憾的……詩人不但不以這份缺憾為苦，反而珍重缺憾，於缺憾中領略圓滿之樂……」

也因此，琦君的作品，溫暖卻絕不單薄。她說：「有人批評我的作品為什麼只寫光明、善良的一面，我想愛是最重要的，人的心已經夠苦了，何必再去渲染那些黑暗面！醜惡的一面不是不可以寫，因為人生不如意事常八九，但著筆之際，必須有滿心的同情與悲憫，要以諒解為出發點。比如我寫童年，我如果不是深深體會姨娘的凶悍，對於母親的慈愛，大概也無法充分感受吧！但我更願意表現的是母親的慈愛和對姨娘心境的理解。」以更大的愛，包容小小的惡，琦君鋪陳的溫暖世界，是一座人間失去的桃花源。作家彭歌形容琦君作品表現的是「東方的寬柔」，與琦君近距離接觸，將可理解，琦君溫暖質樸的不僅是她的文字，更是她的心！林海音曾以《牡丹亭》裡的兩句詞形容琦君的寫作風格：「一生兒愛好是天然，卻三春好處無人見。」那是琦君作品的境界，更是她的人生境界。

溫暖是琦君作品的基調，可是在溫暖之外，總有一層幽幽的傷感。這份傷感，也正是琦君的作品取材往往平凡、瑣碎，卻總能經營出深度的原因。她寫〈春節憶兒時〉，從宰豬、撣塵、搗糖糕、祭灶、分歲酒，寫到拜年、迎神提燈，好不熱鬧，可是篇末卻說，「戲文散後，牽著外公的手，由阿榮伯打著燈籠……他們的釘鞋，踩著雪地沙沙有聲。細碎的雪子，撒落在傘背上，也是沙沙有聲。在寒冷的深夜，一番熱鬧之後，聽來格外清澈。……我說：『不知怎的，我覺得好冷清。』」寫曲終人散的況味，琦君節制不濫情，淡淡幾筆，勾出熱鬧後的蒼涼，猶如《紅樓夢》裡大觀園的衰落。她對孤獨的看法是：「孤獨使心靈純化」（語出《三更有夢書當枕．愛與孤獨》），也所以能正面迎向人生孤獨的本質。

●融攝典雅於素淡的文字之中

在文字方面，琦君自謂：「自知在文筆方面，缺少瑰麗的修辭。但可告慰恩師的是，每一篇章都是從心中流出，而不是由腦子勉強運用文字技巧編織而成的。」意謂她的文章情勝於辭。她自承偏好樸素的抒情文章，對惟美文學「不敢效顰」。然而不以辭藻華麗為特色，不代表琦君不講究文字技巧，只因為她的作品在「練字」、「練句」之外，更重視「練意」，不在文字上雕琢。要寫出「人人意中所有，人人筆下所無」（琦君語），她對文字自然是極其講究的。她每篇文章寫完，都會把它讀出來，避免重複的文字或是重複的字音，如果有音波不協調的感覺，會反覆推敲修改，直到讀起來順口、音調也優美為止。她說詩詞之所以為一般人喜愛，是因為它音調悅耳，念起來抑揚頓挫，寫散文也要有這種功夫，讓人讀來琅琅入耳。林海音說：「琦君的散文，乍看來，文字是樸實無華的，但仔細的玩味，就會覺得那種淡雅，也是經過作者細心琢磨的。」

琦君散文其實是融攝典雅於素淡的文字之中，始能讀來含蓄雋永。譬如她寫現代鄰居，〈未有花時已是春〉裡，「住公寓房子以來，我最不喜歡站在陽臺上東張西望，因為放眼沒有青山綠水，見到的面孔都木木然悻悻然，『似曾相識』卻又像『素昧平生』。我只覺得跼天蹐地，哪有什麼胸中丘壑呢？……回想當年阡陌交通，雞犬相聞的農村社會，住得不一定很近，可是他們的心卻很靠近。」〈浮生半日閒〉裡，「把空間填進時間裡，趕走一日的勞憂。如果你仍感到『行漫彌彌，中心如醉』的話，你就無妨在燈火闌珊中，走向一條寂寞的長橋。看上弦月，數星星，回憶舊事，微笑，嘆息，賦詩。也許那樣又太富浪漫氣氛了。其實古人那份『獨立市橋人不識，一星如月看多時』的心情，絕不是浪漫氣氛，而是走向『忘憂』『忘我』之境。」〈秋扇〉裡，丈夫要買電風扇，她說：「九月寒衣未剪裁，應該補置秋裝了，怎麼還買電風扇呢？」「要知道它原該是見捐的秋扇了，卻被我們撿了來……」把古典的文字融會於活潑新鮮的語言裡，是典型的琦君文字。

她不但文章裡常引詩詞譬喻心境，甚至經常以詩詞做為書名，《三更有夢書當枕》、《千里懷人月在峰》、《青燈有味似兒時》、《留予他年說夢痕》都是膾炙人口的著作，此外更有一部專著《詞人之舟》，以她一貫平易的文字，深入淺出帶引讀者進人中國詞學的世界。她把古典文學比喻為樹的根，創作者在扎實的根柢之上，吸收新鮮的陽光雨露，才能長出豐美的新葉，開出花果。

●擅長譬喻、象徵

她並且擅長象徵的手法，〈金盒子〉從一個小盒子，演繹出她失去哥哥的動人故事；〈髻〉從母親的髮，含蓄點出母親的幽怨委屈；〈毛衣〉從一件藏青舊毛衣，寫出與母親之間濃稠的親情；〈桂花雨〉以桂花寄寓鄉愁……。

琦君的文字且擅於譬喻，譬如〈衣不如故〉裡，她描寫母親為她做的夾袍，做得太大，「單穿時，就像蒼蠅套在豆殼裡，稀裡晃浪的。」寫她對新詩的看法，「我欣賞新詩就像面對黑絲絨上撒開的一把寶石。絢燦滿目，似凌亂也似有其自然的韻律。絕不是死死板板鑲現成的一枚鑽戒或一隻翡翠別針。」（〈不薄今人愛古人〉）

琦君文章裡，還經常流露琦君式的幽默，比如她六十歲時肩頭疼痛，醫師告訴她那是「五十肩」，她居然歡喜起來，「因為我又回頭十歲了！」她說年紀漸長，與朋友之間的寒暄語是：「你的牙齒拔了幾顆？」而寫自己一顆臼齒隱隱作痛，說：「看來它又將『老成凋謝』。」她說自己風溼痛，以致「高不成，低不就」，不像丈夫，身手矯健，「既能『地下工作』，也能『高山仰止』」。除了丈夫李唐基之外，她最喜歡挖苦的對象，就是自己。

●寫活了平凡小人物

她尤其擅寫人物，經常幾筆白描，就繪出一個人物的形象。〈三劃阿王〉描寫鄉裡一個富有傳奇色彩的乞丐頭子，「他的皮膚像黃臘，眼睛卻炯炯有神，鼻子扁而大，茅草似的滿腮鬍子裡翻出兩片紫色的厚嘴唇。」

〈一襲青衫〉裡寫教物理的梁老師：「想起他第一天來上課的神情，他的那件飄飄蕩蕩又肥又短的褪色淡青湖縐綢衫，捲得太高的袖口，一年四季的藍布長衫，那雙翹起像龍船的黑布鞋，坐在四腳打蠟的桌子上差點摔倒的滑稽相，一張笑咧開的嘴露出的閃閃金牙。這一切，如今都只令我們傷心，我們再也笑不出來了。」梁老師的身影躍然紙上。

她筆下的人物，既給予讀者鮮明的形象，又隱隱表現出普遍的人性。〈壓歲錢〉裡描寫母親一位終身未結婚的朋友「三十頭」，「……我特地給她搖搖晃晃地端上一盞紅棗蓮子湯，她用小銀湯匙挑了一粒蓮子，放在嘴裡，然後打開扁扁的黑皮包，取出手帕來抹了下嘴角，還是沒有拿出壓歲錢來。……很多年後，有一個正月，她來我家，還是那件藏青嗶嘰旗袍，一頂灰撲撲的絨線帽子，壓到眉毛邊，帽沿下露出幾絡稀疏的白髮……」三言兩語，即勾勒這位女性困窘的處境，琦君把存下的壓歲錢大半給了這位長輩，「我摸摸口袋裡剩下的銀元，叮叮噹噹地發出柔和而淒清之音。童年的歲月，離我很遠很遠了。」她對人性與命運的理解，其實有著張愛玲般的通透，然而個性不同，寫來卻一片純真而不世故。

她寫活了這些小人物，三劃阿王、阿榮伯、童仙伯伯、五叔婆、肫肝叔……他們鮮活的形象，因為琦君的筆，永遠活在讀者的心裡。

琦君有一篇〈我對散文的看法〉，認為好的散文必須具備兩種條件，其一要涵泳詩的氣質，也就是要有詩的韻味，詩的精簡，詩的含蓄美；其二要有小說戲劇鮮明的形象化、立體感。以此標準檢視琦君自己的散文，無論文字的精練，篇篇充滿故事的戲劇張力，都不脫琦君自訂的標準。好的作品必須情辭並茂，琦君當之無愧！

現在，八十八高齡的琦君說，她還是好想寫作，還想再投稿！「我覺得我還有好多事沒有寫完呢！很想再寫一個小說。小說可以把自己隱藏在裡頭，表現出別人看不到的另一面；散文就得說真話，散文說假話就沒價值了。可是真話有些說出來也是沒意義的，有些東西就適合以小說來表現。我還有很多的構想可以寫，童年時代很多現在想了都還要掉眼淚的事情！人生一世，草生一春，我寫了那麼多散文、小說，可是還沒有一個真正能表現我自己內心心意的，我只想好好再努力，今生健康能再恢復的話，我還要再多寫一些東西！」

●另類的童話觀

不僅想要寫小說，琦君也想再寫童書。她對童話有另類的看法，她說：「小孩子喜歡聽王子公主的故事，沒有什麼不好，但我相信，孩子們還喜歡聽另一種故事，就是他的父母長輩小時候做些什麼、遇見什麼事，他們聽起來既好奇又新鮮。」這是琦君的童話觀，「我想每一個人都有一個美麗的童年，如果寫文章的朋友們，把自己的童年生活，無論以充滿歡欣或惆悵的筆調寫下來，都將是最好的兒童文學，也是最好的童話。」

她曾經為孩子們寫過《賣牛記》、《琦君說童年》、《鞋子告狀》（原名：《琦君寄小讀者》），並翻譯《傻鵝皮杜妮》，這些是刻意為孩子創作的作品；但其實，琦君終其一生所有的創作都在實現她的童話觀。她說：「我只要閉上眼睛，便會看到一個矮矮胖胖的小女孩在我眼前跑來跑去；那個小女孩就是我。」從《琴心》到《煙愁》，到《紅紗燈》，到《桂花雨》……甚至到小說《橘子紅了》，她為讀者說了一個又一個好聽的故事——那個「小女孩」的事，她以赤子之心娓娓訴說這些故事，數十年來，平撫了多少人的鄉愁，滿足了多少人愛聽故事的純真欲望，那是孩子的，也是成人的童話，永遠的童話。

● 作者簡介

宇文正

本名鄭瑜雯，福建林森人，東海大學中文系畢業、美國南加大東亞所碩士，現任聯合報副刊組主任。著有短篇小說集《貓的年代》、《台北下雪了》、《幽室裡的愛情》、《台北卡農》、《微鹽年代·微糖年代》；散文集《這是誰家的孩子》、《顛倒夢想》、《我將如何記憶你》、《丁香一樣的顏色》、《那些人住在我心中》、《庖廚食光》、《負劍的少年》、《文字手藝人：一位副刊主編的知見苦樂》；長篇小說《在月光下飛翔》；傳記《永遠的童話——琦君傳》及童書等多種。作品入選《台灣文學30年菁英選：散文30家》、《庖廚食光》獲選「2014年開卷美好生活書」。

關於那些不忍與不堪的

——房慧真《小塵埃》

從《單向街》到《小塵埃》，房慧真大抵維持了她一貫的「城市遊蕩者」風格，以一雙明淨冷澈之眼，刻繪生活裡剎那閃現的靈光。《小塵埃》四輯分別名為「記憶切片」、「人生速寫」、「浮光掠影」、「日常即景」，實則都是書寫此種靈光的神遇與感觸，其悲憫心眼之所注目，往往寥寥數筆，便生動勾勒出一幅浮世風景。由文字到書中的日常攝像，且可見一種節制與秩序、一種乾淨而近乎潔癖的極簡，只讓情感於其間有意無意洩漏丁點；就這一丁點，便足以引人低迴。這是當代作家的機警文字，在六年級同輩黃麗群的散文裡，亦常見類此風格，只是黃還要更佻達些。

房慧真慣於藉引文觸類旁通，將自我與他人的生活融合、對照，並穿梭其間，如是的借用當然並非點石成金，而是以金鍊金，相互碰觸出靈感的火花。然而我卻覺得包括篇名，也有諸多太近便的借用，信手拈來，各篇多有如〈觀看的方式〉、〈旅途冰涼〉、〈這位太太〉、〈生活在他方〉、〈百花深處〉、〈熱與塵〉、〈夜與霧〉之類題名，雖則展現出作者的博覽雜食，然而房慧真自我的聲腔已夠清亮，實無需一再藉他人語彙壯膽。

《小塵埃》全書可視為一部城南少女的成長與生活誌，但誌記之處獨不與時人同調，其眼中所見多為陰暗、卑微、邊緣的情緒與人物，是城市的暗影，背光的那一面。孤獨的獸或宅居洞穴，或行走城市，其耳目所見、心眼所思盡現於書中，諸如成長階段被排擠的少女、恐父情結揮之不去的苦惱等；相較於宅生活的內鎖，〈這一夜，我們以唾沫、身體相連〉、〈身體樂園〉等則是向外的觀照，展現其性格的另一面。

輯三「浮光掠影」篇幅稍長，也迭有佳作。其中〈舊信〉與〈喪家之犬〉兩篇，頗可見房慧真散文的基本關懷與風格。〈舊信〉展現出作者剪裁日常片段的精準功力，北京的人力車夫、水電工人、公交車掌，共同組構成灰暗如沙塵的色澤；而遊走於陌生城市的觀察者，則感受到尊貴的寂寞、熱鬧的清冷，一種隔絕而無能為力的悲憫，盡現於斯。〈喪家之犬〉將個人身世與他人背景交互剪接，前後映照野犬生涯，其間寓意不言而現。而家庭創傷則與本書相始終，從〈開往中國的慢船〉、〈蜜月〉，以及各篇章偶然閃現的記憶片段，便可見恐懼之綿長。

房慧真所書所寫，大抵便是這些日常生活中令人迴避的、微感不安的、忍不住背過臉去的生活，然而行走於世，誰能全無遺憾？誰能不多少蒙塵？也因此，那些觀照他人之不忍，與回顧自身之不堪的小塵埃，乃能在讀者心尖上，一次次興起微微的戰慄。

舊信

◎房慧真

這裡賣的信封信紙皆俗麗得可怕，只好選了較原始粗疏的一種，寄過去時也許還附上北京的塵沙。北京無論男女皆一副細長眉眼，男人曬得黝黑些，粗濃眉毛；女人粉白大餅團臉，上頭用眉筆勾勒出二彎新月。男人、女人、小孩的共同特徵是臉頰皆被凍熟，紅通通地成了天然胭紅。街上有許多人力車，三輪車夫在寒冬中逆風而行，暗沉的衣服鞋襪上沾染了許多塵土，我看著總不忍。

不忍的還有前幾日來裝熱水器的小工，穿著模樣與臺灣水電工無太大差別，然而我在樓下看見他時，他只有一臺單薄的腳踏車，上面載著數臺熱水器以及林林總總的工具，只用一根尼龍繩勉強綁住。我望著他半蹲在腳踏車旁繫了許久許久，用來裝工具的是一個十分髒污鄉氣的籐籃子，從我心底很矯情地升起了一片哀愁。

昨日一人晃蕩於北京的鬧區王府井大街，吃午餐時下麵的師傅不知怎麼嗅出我是臺灣來的，一直殷勤找我說話，只是那麵下頭墊著厚厚一層油實在食不下嚥，吃不到一半，我趕緊付錢落荒而逃。年輕師傅不死心追了上來，一直問我好不好吃，我點頭說好吃。然而那一大盤冷麵還怵目驚心地擱在那裡，諷刺我的偽善。

北京的公交（公車）只需人民幣一元（約新臺幣五元）即可乘坐。車體非常狹窄且長，像是用兩臺車拼合在一起，共有前、中、後三個門，車上有一售票員，類似從前臺灣的車掌小姐，最大的不同是北京的售票員需穿梭在擁擠不堪的車廂內「拜託」乘客買票。她們很不容易地擠過人群挨了過來，近似懇求的語氣說著：「買票了沒有？沒票的拜託買一張好嗎？」胸前掛著一個破舊不堪的茶色皮包，綻出的白色棉絮像浮出水面噘著透氣的魚嘴，用橡皮筋簡陋地絞住，收了零錢時稍微扭開再丟進去，原先我以為那個包是隨便拿來充數的，後來見到每個售票員的脖子皆掛了一個，才知道是公家配給。售票員大多是下盤穩重，車子行進間不抓扶手依然穩如泰山的中年婦女，到站時或者開了窗攬客，或者乾脆下車去嚷嚷一陣，她遞票給我時，手上爬滿了厚繭。

上禮拜，隨意跳上一班公車，挑了一個最順眼的地名，下車後保持冷靜，神色自若地拐進一處大雜院。灰撲撲的土路旁，堆滿燒盡的煤球爐，這裡沒有暖氣供暖系統，一家三代五口人擠住的斗室內，儘管白日大人出門打工，暫且空了出來，也留不住貪玩的娃兒。北京娃娃，一個個被肥大棉襖裹蒸粽似地包得圓敦敦地，只從領口冒出一顆小頭顱，嘴唇賭氣似地嘟著，染上一點胭脂紅；底下伸出兩隻細瘦小腳，肚大腳小，一搖一擺走來好似企鵝，但不是黑白，而是大紅配上正綠，這樣喜氣熱鬧的顏色，沾上了塵土，彷彿被框進泛黃的舊照片裡，可懷想舊京歲月。紅綠企鵝大搖大擺走來，蹲在一窪污水塘旁，用樹枝撥弄著載浮載沉的菜渣。外頭的霜凍，將該有的廚餘餿味、糞坑屎尿結結實實封住了，我只要小心抬腳，不讓前天在虹橋市場買得的耐吉球鞋，踩進污水或菜渣內。

大雜院外頭有個露天黃昏市場，有一賣「毛蛋」的小攤，在別處從來沒有見過，不知為何物，想買一個來試試。顧攤的婦人直對我嚷著：「來五個吧！要不至少三個，一個哪裡夠？」我像倔強的小孩，伸出食指比一，結果還是接回了三個。趁著剛起油鍋的熱，忍不住就在路旁剝開了一個，表面炸得金黃的雞蛋，裹覆在裡頭的，是一隻羽毛未豐，但已成雛形的小雞。我一口也吃不下，遂都給了等在一旁的野狗。

城裡不見的稀罕吃食，除了「毛蛋」，還有「驢肉」。烤得熱烘烘地圓燒餅，中間夾著幾片切得薄透的驢肉。稍遠一點的城郊，偶爾還見得拉著拖板車的小毛驢，民工樣的主人並不坐在車上抽鞭勒頸頤指氣使，而是在一旁陪著走，老實敦厚的模樣，驢子也不免乖順起來。車上滿載翠綠大白菜，更冷一點的時節醃下，明年此時開封，便可煮上酸菜白肉鍋。

市場的最外圍，離炸毛蛋，一元一串的烤羊肉攤還有些遠的邊上，幾個面色黧黑、鄉村模樣，不約而同抱著娃兒的婦女，出來放風奶孩子。然而那氣氛明明不悠閒不尋常，婦人之間少了閒話家常，也不常逗弄孩子，懷中的嬰孩像只裝飾品。她們保持著一定的間隔，直挺挺地站著，像一排寒風中仍堅守崗位的電線桿，機敏警覺地眼觀八方，一個男子向她走去，她從襁褓中迅速掏出了一包東西，一手交錢，一手交貨，乾淨俐落。

後來問了當地朋友才知道，她們懷抱著嬰兒，嬰兒身上藏著A片，整個被壓抑的中國，藏在奶著孩子樸實村婦的幽黯胸懷裡。那胸乳不一定有奶汁，那嬰兒通常非親非故，是按鐘點計費，特地租來的。

親疏關係難以確認，有租來的嬰孩，也有同住一房的丈母娘。

每日我到大學裡的學生食堂去喫飯，排隊打飯的隊伍裡，總零星間雜著幾個，上了年紀、頭髮花白的老嬤嬤，穿著漿洗過度而泛白的藍布衫，輕爽抖擻地，排在青春的隊伍中，有時不喫菜，就拿飯票換幾刀玉米餅，或一小盆窩窩頭，便滿心歡喜地回房了。有時也見，端著搪瓷臉盆，裡頭是漱口杯、牙刷，不倚老賣老，認分地也在等待盥洗的隊伍中。沒有人覺得有什麼異常，大驚小怪的似乎只有我，抓著朋友問來歷。朋友說，那是A君的丈母娘，A君是博士生，住兩人房，但他室友是北京人，自己住不著，便把床位勻出來給A君安家落戶。北京租金、生活費昂貴，妻子、丈母沒餘錢在外頭另租房子，便來學生宿舍一同擠屋。A君白天在圖書館苦讀，房間讓出來給丈母娘轉收音機聽相聲、京戲。老有所歸，生活起居上也互相有個照應，一種設身處地、細微不查的體貼。

這裡的天黑得早，回住處時我總摸著黑，摸上二樓，按了樓梯間的電燈，朦朧短暫的昏黃只足支撐我到二樓半，摸上三樓才有電燈。就這麼一路像隻手護著微弱地燭光，忽明忽滅，燈暗下來時我並不覺得駭怕，我只怕燈忽然亮起來的那一瞬間，我終於藉由眼角的餘光瞥見，那低伏蹲在牆角的一團漆黑的什麼，也許叫做寂寞。

● 作者簡介

房慧真

一九七四年生，網路筆名為「運詩人」，淡江大學中文系、臺師大國文所碩士畢業、臺大中文系博士班肄業。曾任職《壹週刊》人物專訪記者，現為非營利網路媒體《報導者》資深記者，採訪之餘兼事寫作。曾以「新屋大火週年系列報導」入圍二〇一六年卓越新聞獎。著有散文集《單向街》、《小塵埃》、《河流》。近作為人物採訪集《像我這樣一個記者》。

輯二

野地裡的男性視界

創作與出版的「雙棲」寫照

——隱地《身體一艘船》

本書篇章多為隱地為中副撰寫方塊專欄，一週一文，經年積累的文字結集。書中有不少新書引介，以及最新的出版訊息，以方塊文章的即時性效果而言，非常能夠於當下引領讀者的閱讀興趣；而這也始終是隱地所念茲在茲者。隱地素來以「創作者」兼「出版者」的雙重身分遊走於文學界，數十年來，讀詩、讀書的呼籲，始終是他不變的堅持。

在本書中，我們首先可以見到隱地步入耳順之年後，在長年生活歷練與知識涵養下所展現的智慧之光。以「船」譬喻身體，一方面饒富詩意；一方面也體顯了永遠處於移動狀態的生活熱力。一如〈菱形人生〉中所言：「冬天是收尾的季節，收得好，人生才真能達到美滿之境。」隱地的人生歷程雖仍遠於隆冬，但在「身體」卷中，我們不斷可以看到作家對於生活豁達而樂觀的看法、對於養生的健康追求；而其中最重要者，尤在於對讀書不遺餘力的提倡。隱地曾著有《快樂的讀書人》，在本書中他亦不斷呼籲：「讀書滋潤我們快要枯竭的心靈，讀書是心靈維他命，是靈芝草，它會讓我們延長夏天的蓬勃朝氣，擴充我們的心靈版圖。」「讀書的人，永遠對世界不灰心。」觀其書中對於《手機》、《野獸》、《躁鬱的國家》、《最後的貴族》諸書的品評，可見其閱讀之快速、揀擇之敏銳。閱讀之必要，「優雅地老去」之必要，此當為隱地一貫秉持的人生信念。

當然，閱讀之外，我們尤其不能忽略的是，隱地更是一名快樂的寫書人，以及（應該）快樂的出版人。隱地出書量多達三十一餘種，涵括了小說、小小說、詩、散文、自傳、日記以及雜文評論等品類，質與量俱相當驚人。由讀書而寫書，更進一步從事出版業，真正是身體力行，全心為打造閱讀人口而努力。在「出版」的立場上，我們可以看到相當珍貴的兩個部分，一是隱地基於「出版者」角度的專業觀察，以「爾雅船」一卷最能體現。例如他對當今臺灣書籍銷售手法的擔憂、短線操作的感慨、排行榜泛濫的批評、作家影像以及美工設計的堅持等等。反映在其個人著作裡，本書的美工設計便毫不含糊，封面及內頁插畫俱採用何華仁的作品，並表明內頁間「小而美的版畫圖版，也可視為一枚一枚穿插書中的藏書票」，此項創意確實極富特色，也以實際行動表現了隱地對於當今出版界普遍品味傖俗化的反擊。

另外一點，我們從字裡行間亦可讀出身為一名創作者與出版人，隱地對於作家，尤其是同輩作家的尊重之心。「出版」最大的意義，不在於為自身作品找到面世的管道，尤在於為作家圓夢，「以改善作家生活為己任」。隱地為文壇前輩出書，完全基於出版者的熱情與眼光，並不以商業利益為考量，集中寫余之良、劉枋、孟絲等作家的諸篇文字，尤其體現了作家間動人的惺惺相惜之意，這是隱地做為文化人最高貴的品質展現。

菱形人生

◎隱地

秋，是一年中的第三季。人的一生，一旦邁入秋季，其實人生的高峰已過。秋，代表收成，可收成之後，接著就要向豐收季告別。以後，是縮小的人生——前面的路越走越窄，真的是「夕陽無限好，只是近黃昏」。

人生下來，只有一個光裸之身。父母養育我們，讓我們吃食、穿衣，並賜給我們名字。從搖籃到學習走路、讀書、寫字。一個一無所有的我，在成長過程裡，開始擁有思想，逐漸發展出屬於自己的人生見解和人格特質。青少年時代，世間的一切對我們都是新鮮。追求、追求、追求……我們追求一切有形的無形的，嚮往精神生活，也渴望物質生活。名利，我們要；吃好的，穿好的，住好的，也都是我們日思夜想的夢。每天，我們至少都有三個願望。望著遠方，望著光，每一個青少年，身上都掛滿欲望的零件，眼睛張得大大的，看著對方身上擁有的好東西，心裡想著為什麼別人都有我沒有？於是有人努力讀書，希望求得好成績得到獎學金將來還能出國，回國後謀到好職位，從此一帆風順，過著理想人生。也有人不願循正常的奮鬥之路——學士、碩士、博士……多麼辛苦、漫長的路，不如逆勢操作，到燈紅酒綠之地討生活，追求墮落的快樂。墮落有時讓我們年紀輕輕就快速累積財富。不過錢財是奇怪的東西，往往來得容易去得快。許多靠皮肉賺錢的所謂高級妓女或牛郎猛男、色衰之後依然兩袖空空，只能說春去也。的確，一江春水向東流，東流的財富，一如江水一去不回頭。

我們太悲觀了。理論上，年輕的生命總是奔騰而上。絕大多數的人，隨著年歲的加大，擁有、擁有……我們擁有之物越來越多。青壯之輩，尤擅開疆闢土，建立起自己的名號，也建立了自己的財富，菱形人生——人生像一隻菱角，中間大，兩頭小，我們從小溪溯流而上，就像一個鄉下人，進了城，天啊，摩天大樓讓我們必須仰望，然而曾幾何時，我們已經住進摩天大樓，成為摩天大樓的主人。命運奇特，如今我們老早已經是一個都市人。一個完完全全的都市人——縱橫股市，情海翻滾，呼風喚雨……看來，世界屬於我們，從東半球到西半球，時而紐約時而巴黎，進出五星級旅店，吃香喝辣，汽車換了又換，人生多麼拉風。

先是悲觀，現在又太樂觀了。人生哪有那麼順暢，十有八九，就算到了人生高峰——就以四十歲為分水嶺吧，多數四十歲的人，也許有了自己的房屋、自己的汽車，仍然朝九晚五，辛苦非常，就算有人當了老闆，其實比夥計更加辛苦，又要管前門，又要管後門，人生到處是風雨，菱形人生的巔峰期，就算精神生活和財富並進，也不過行至人生中途，終於可以喘口氣，偶爾小歇小歇，如此而已！

春天多麼短暫，春燕剛剛飛來，怎麼轉個身牠又飛走了。激烈的夏天來勢洶洶，勇猛在人生漫長又短暫的生命史上，只是一場驟雨。練了半輩子的肌肉，怎麼說萎縮就萎縮了，一個強而有力的男人，看來可以頂天立地！你以為他不畏風雨，禁得起風霜雨露，可眼前卻走來一個彎腰駝背的老人，居然他手裡還拄著楞杖，天啊，他昨天的勇猛之力，已被時間之神收了回去，連激烈的夏天都逃之夭夭，秋，已經悄悄地來了。

秋天的光臨，讓我們生出下山的心情。坐在沙發上，我望著屋裡的裝潢，牆上的畫，連著天花板的書架，書架上躺著站著的書，每一樣家具，每一種裝飾，杯盤碗筷，玻璃櫥裡亮晶晶的高腳水晶杯，落地座鐘，以及衣櫥裡的箱子，箱子裡的冬衣……一切一切，甚至鞋櫃裡的每一雙鞋，都是東一件西一樣不停地從各地各處買回來的，每一樣物品都是一個蒐集的故事。夢的完成。然而當秋光奏鳴曲響起，我們會有一種驚覺，原來貪心已經把我們的家庭塞爆，不管是客廳或臥室，廚房或浴室，甚至起居室和儲藏間，都顯得太小太小，蒐集的東西越多，我們屋子的空間相對的好像不停地在縮小中。

年輕的時候蒐集，年老的時候丟棄。我們要開始學習送和丟。譬如，我收到齊老師給我的禮物，她還附了一張精美的卡片：「這三個芬蘭史詩繪本盤子隨著我走了很遠的路，你和貴真最能了解。二十年後可以作獎品給更年輕的文人。歲月就是價值。祝福今生！」秋臨大地，菱形人生，面對的是「縮小的人生」，中間大，兩頭小，我們已走過巔峰，現在，要把自己縮小。縮小到讓自己覺得是一個平凡人。有了名，不肯把自己的名收疊起來會有許多苦惱。人在秋天，把心情調適好，才能平靜地邁入冬天。冬天是收尾的季節，收得好，人生才真能達到美滿之境。

你說什麼？收尾——收尾是屬於冬天的故事，我還不到七老八十，何況現在多的是九十出頭的老人，百歲人瑞也不稀奇。你現在就要我過減少的人生，未免讓我不甘心。雖說菱形人生，一過四、五十，高峰已過，但秋天還有一塊最絢麗的顏色——秋天一去冬來到，在冬尚未來到之前，讀書滋潤我們快要枯竭的心靈，讀書是大自然的心靈維他命，是靈芝草，它會讓我們延長夏天的蓬勃朝氣，擴充我們的心靈版圖。人是屬於心的動物，一顆豪氣萬丈的雄心，或是一顆寧靜平和的幸福心，都是我們繼續活在這個世界上的意義。心活，人才值得活，心死，就算還有一口氣，活著也是歹活，活著只是痛苦。

要讓心不死，要讓心充滿希望、幸福或有一種寧靜感，最好的方法就是讀書，聽音樂，接近藝術。讀書可以把我們前半生美好或不美好的人生經驗連接起來，咀嚼美好的，把對人生的感恩和感激重新回味，把思想變成行為，做一些報恩的拜訪。以前幫助過你的人，現在或許正落魄著，他們需要你的協助。以前他們是你的貴人，現在，你可以做他們的貴人。每個人都在期待貴人出現，卻很少人發現，自己其實也可以做別人的貴人。

或許你的生命不順暢，已經五、六十歲的年紀，卻什麼成績也說不上，你感覺憤懣，你在心裡抗議這世界不公平。幸福之神從來不曾眷顧你，反而惡運總是揮之不去。我是一個痛苦的人。你不停地喝酒，發牢騷，不停地在老朋友面前罵東罵西，越放大自己的痛苦，你看來真的像一個一無是處的人。其實千錯萬錯，只有一樣錯，就是你從來不肯進植物園吸收芬多精。植物園，不錯，閱讀，聽音樂，欣賞藝術作品，這三者就是我們都市裡的植物園。一個永遠不進植物園的人，他的胸中吸了太多戴奧辛，於是他吐出來的也是精神的戴奧辛。他放大著自己的痛苦，把痛苦傳染給別人。如果他停止叫喊，靜下心來，打開書，就算是金庸的武俠小說，對他也大有助益，他會發現書中世界真是有趣，有奸臣謀國，也有貪贓小人，但更多的是行俠仗義之人，俠義永存人間，讀書的人，永遠對世界不灰心。

也有灰心的讀書人，擲書而嘆，嘆世間之不平——但此時他為書中人而嘆，為書中人鳴不平，他已縮小了自己的痛苦，甚至忘了自身的痛苦。

讀書真好。年輕時候，我們也讀書，多半讀課內的工具書。許多世界經典，自己國家的名著小說，都因忙碌，無法從書架上拿下來好好欣賞。如今，年齡已達秋天的我們，從職場退休了，讀書正是我們青少年時候的夢。所有我們想讀的長篇鉅著，都可慢慢瀏覽。當然，我們也可以讀些短篇，這世界上多的是充滿哲理的短篇或隨筆小品。甚至，我們完全不必管他什麼人生哲理不哲理，我們如今都是成人，百分之百的成人，可以把以前不能讀，不敢讀的限制級小說翻開來，細讀慢嚥，天啊，即使是情色小說，原來也有那麼多人生奧妙，它一樣讓我們得到啟示，增加智慧。

只要文字好的都是好書。一個人讀書讀到為文字著迷，恭喜你，你已經是書國的優質子民，通過了最嚴格的考驗。

最初，我們都為了故事讀書，跟著情節跑。若有一天讀到不想情節，只為文字的高檔，流連忘返，此時，你可以打開任何一本書，隨意讀，你已經有了自己讀書的品味，文字不好，你自然就會放下。

讀書讀到這種境界，你已經不會害怕冬天在門口拜訪你。當你七老八十，或九十，你正快樂的在讀唐詩宋詞，或莎士比亞的十四行詩，當然，此時你也一定會喜歡新詩，一個讀新詩的老人，他就是一個快樂的老人！

人生最後的一段路，是在抵抗髒，抵抗亂，抵抗醜。如果我們心中有詩，峰迴路轉，一切皆能化腐朽為神奇。坐在搖椅裡，一卷新詩落地，伴著小提琴聲，你和世界說再見！菱形人生，你正拉下人生最後一幕；這也是我嚮往的人生結尾。下輩子，我

還要做一個讀詩的人，寫詩的人！

●作者簡介

隱地

本名柯青華，浙江永嘉人，一九三七年生於上海，一九四七年十歲時由時任北一女中英文老師的父親接來臺北。十六歲開始寫作、投稿，筆墨生涯至今超過一甲子。創辦爾雅出版社、「年度小說選」、「年度詩選」和「年度批評選」。二〇〇六年，獲聘山東棗莊學院名譽教授。二〇一〇年榮獲新聞局「第三十四屆金鼎獎」圖書類特別貢獻獎。

最初寫小說，著有短篇小說集《一千個世界》、長篇小說《風中陀螺》。五十六歲開始寫詩，曾獲「年度詩獎」。二〇〇〇年，自傳《漲潮日》獲聯合報讀書人最佳書獎。二〇〇九年又以〈一日神〉得到九歌「年度散文獎」。

詩、散文、小說、評論，是隱地生命中的四季。四十三年來，他所主持的爾雅出版社，每年出書二十種，就是在這四種文類中來回旋轉，像春、夏、秋、冬循環輪替。

著有自傳《漲潮日》，小小說《隱地極短篇》，短篇小說集《幻想的男子》，長篇小說《風中陀螺》，詩集《法式裸睡》、《風雲舞山》，散文集《草的天堂》、《身體一艘船》，雜文集《一日神》，哲理小品《人啊人》，日記《2012／隱地》，文學年記《遺忘與備忘》，電影筆記《隱地看電影》以及近作《帶走一個時代的人》和「年代五書」共六十餘種。

織錦錯落堪對照

——蔣勳《微塵眾》

《紅樓夢》做為一部傳世經典，坊間始終不乏導讀性質的作品，而蔣勳近來繼《紅樓夢青年版》對原書前二十回的詮解，以及《夢紅樓》一書對紅樓夢裡的真假、青春、愛情、生死與珍食異寶等，進行專題專章的討論之後，新著《微塵眾》系列更另闢視角，以《紅樓夢》的小人物為觀照對象，一一予以深情的注視。全書篇幅雖短小輕薄，但基於通俗化、普及化的用心，讀者若能循此閱讀或重讀紅樓，則此書看似單薄，後續所引發的思索卻將滋味無窮，後勁深實。

書題為《微塵眾》，作者自言乃因歡喜《金剛經》以「微塵眾」形容眾生多到像塵沙微粒般，在六道中流轉。這些「碎」為微塵的小人物，在蔣勳筆下其實俱非微塵，而有大作用存焉，或可供作人情之觀照，如劉姥姥者流；或於運命造化之際可起情節推動之功，如冷子興、「門子」者流；或為主角的自我鑑照，如少年秦鐘。

蔣勳論述紅樓小人物時，頗多文學性筆觸，例如講到晴雯撕扇，蔣勳說還有補裘、臨死前咬斷指甲交給寶玉等情節，也都有「裂帛之聲」。寫到寶玉捱打，蔣勳特別指出這男孩下身「一條綠紗小衣，一片皆是血漬」，那種視覺上的衝突更令人觸目驚心。至於「寶玉梳頭」一節，蔣勳且特別強調青春畫面的美好，寶玉見湘雲黛玉熟睡模樣，用兩名女孩兒用過的水洗臉，又央求湘雲代為梳頭等癡態，種種細節描述，視、嗅、觸、聽、味覺無不具備。這是文學的鑑賞之筆。

而由於本書之前身乃《壹週刊》專欄文字，因此字裡行間又不乏相當生活化的借鑑與思考，由此體現其實用性。例如蔣勳特別著意於蔣玉菡、北靜王、寶玉、秦鐘、馮淵、薛蟠、香憐、玉愛、金榮等酷兒角色，以為今日酷兒當讀《紅樓夢》。又如他提出所謂「焦大情結」，指出凡前朝元老式的過氣人物便可稱之，唯安分做自己，不處處顯能，方能免於過氣的悲哀。蔣勳且以戴權影射某些官場嘴臉，以狗兒指涉安逸社會裡無擔當、愛撐場面的窩囊男人，以賈璉的越軌對照世人難免的犯規潛意識與快感。紅樓小人物，實一如你我及周遭眾生百態，以古鑑今、觀照呼應，乃生同情與寬容。

因此，《微塵眾》實為一部紅樓小人物細品錄，字裡行間充具作者一視同仁的平等心。蔣勳用了「織錦」的概念，不憚其煩強調如二丫頭之類樸實的小人物，是大片閃爍的錦繡裡，忽然置入的灰褐色棉線；劉姥姥與寶玉在同一章節裡交錯，也是華麗細緻的青金色線裡，所埋藏「暗灰沉滯老氣」的線，紅樓夢裡繁複的圖紋錦繡，由此織鏤而成。而人物與人物間錯落的映襯，是文藝手法，自也是人情觀照，紅樓夢因此是懺悔錄，也是一部警世錄。

秦鐘

◎蔣勳

秦鐘在《紅樓夢》第七回出現，他是秦可卿的弟弟。這兩個姓「秦」的姊弟，諧音「情」，兩人都為「情」所困，為「情」而死。

秦可卿與秦鐘都長得美，可卿是賈寶玉初發育時暗戀的性幻想對象，秦鐘則是賈寶玉第一個同性愛人。異性或同性，對十三歲左右的青少年而言，似乎沒有差別。純粹因為「美」，他們有了宿世緣分，也純粹因為「美」。他們有了不可知的情緣糾纏。

第七回，寶玉和王熙鳳去寧國府看秦可卿，可卿說正巧弟弟秦鐘在，寶玉就吵著要見他。

秦鐘一出場的描寫是：「比寶玉略瘦些，眉清目秀，粉面朱唇，身材俊俏，舉止風流，似更在寶玉之上，只是怯怯羞羞，有些女兒之態。」

作者寫秦鐘的「美」，沒有強調性別。在性別劃分單一的世界，其實也不容易了解秦鐘與寶玉的情感。

王熙鳳一見秦鐘，推寶玉一把，笑著說：「比下去了！」

秦鐘的「美」讀者看不見，王熙鳳一句：「比下去了！」彷彿讓人眼睛一亮。

秦鐘青春的生命有多麼「美」，不是世俗男性陽剛到粗魯的美，也不是女性陰柔到蒼白的美，性別的膚淺兩極劃分無法分析。秦鐘的「美」，不像是肉體，像是一種魂魄。湯瑪斯・曼（Thomas Mann）《魂斷威尼斯》（*Death in Venice*）名著裡的少年「達秋」（Tadzio），很類似秦鐘。他們的美，像是青春本身；他們的美，忽然喚醒每一個人自己生命曾經有過的嚮住。那「美」使王熙鳳驚動，推了寶玉一把，說「比下去了！」

同樣年齡的寶玉，生長在富貴家庭，有一切物質的享受，受一切人寵愛，他沒有拿自己跟秦鐘比。他的反應是「心中若有所失，癡了半日」。

寶玉的「若有所失」，寶玉的「癡了半日」耐人尋味。一個富貴公子，集天下榮華寵愛於一身，在生命的「美」面前悵然若失。他沒有「忌妒」，沒有「比」的心思，他只是從心底肺腑衷心歡喜讚歎：「天下竟有這等人物！」

秦鐘的「美」會不會反射出了寶玉自身動人的生命情操？在處處競爭比較的社會，在時時因為比較競爭產生忌妒排擠自誇的社會，賈寶玉看到的「美」一清如水，只是歡喜，只是讚歎。

寶玉，一個青少年，在「美」的面前發呆，他心中想著：為什麼我生在侯門公府之家？為什麼他生在寒儒薄宦之家？

「美」沒有性別，「美」也沒有階級，《紅樓夢》的作者要用「美」對抗一切世俗的分類嗎？

王熙鳳、秦可卿要吃茶吃酒，寶玉就借故他和秦鐘不喝酒，兩人就私下離開去講悄悄話了。

寶玉第一次見到秦鐘的「若有所失」，是青春期難以解釋的寂寞嗎？在眾人的寵愛中，他好像一直在尋找另一個自己，像柏拉圖說的那個被神懲罰劈成兩半後失去蹤跡的另一半的自己？

我們如此不完整，我們都在尋找另一半的自己，每次好像找到，卻又覺得不對，那真實的另一半自己到底在哪裡？

寶玉覺得秦鐘是自己劈開來的另外一半，他找到了，他想與秦鐘合而為一。寶玉問秦鐘課業，秦鐘因父親老邁，家境窮困，正輟學在家。寶玉平日最恨到學校讀書，厭煩所有為了考試做官的虛偽教育，此時他卻熱心邀約秦鐘一起上學，一起做功課。

青少年的中學記憶，常常並不是學校功課，其實是玩伴，同年齡的玩伴，同性別的玩伴。一個在女性世界中長大的寶玉，一個身邊圍滿長輩呵護的寶玉，終於有了第一個同年齡、同性別的「伴侶」秦鐘。

所以，秦鐘是寶玉的第一個同性戀愛人嗎？

許多人討論過他們的關係，有沒有性行為云云。小說留下很大的猜測空間，好的文學畢竟不是八卦，也不會把關心的重點放在揭人隱私的沾沾自喜上吧。

寶玉和秦鐘一起上學了，他們在學校裡做了什麼事，第九回有詳細描述。《紅樓夢》第九回是精采的青少年寫實文學，比美《麥田捕手》（*The Catcher in the Rye*）。可惜教科書選讀《紅樓夢》都不（敢）選此回。

秦鐘和寶玉讀的學校是賈府設立的貴族私塾，小到八、九歲，大到十七、八歲，都在這裡讀書。等於今天的小學四、五年級到高一、高二左右。清一色的男學生，假借讀書，玩起青少年男生大膽的性遊戲。

學校的老師是賈代儒，一個不得志的讀書人，在私塾教書，學生也不愛聽，自己也覺得窩囊，常缺課，要孫子賈瑞代課。賈瑞沒有威嚴，鎮壓不住學生，學生就造起反來了。

班上有一對小學生，長得漂亮，同學給他們取外號，一個「香憐」。一個「玉愛」。同學都想「染指」這兩個男生，但是他們是薛蟠包養的。薛蟠有錢，班上學生圖有錢花，許多成為他的「契弟」（乾弟弟）。香憐和玉愛是薛蟠新歡，別人都不敢碰。

秦鐘來了，有寶玉撐腰，就跟香憐擠眉弄眼，假裝上廁所，兩人就勾搭起來。

有一個叫金榮的，原來也是薛蟠包養的乾弟，但薛蟠有了「香憐」「玉愛」，金榮就被丟棄。過氣愛人心裡當然不爽，趁秦鐘跟香憐勾搭，跟在後面就要報復，金榮一聲張，學堂裡就鬧成一團了。

秦鐘是同性戀嗎？他與寶玉有情，他追求學弟香憐。但是，別太早下結論，看到第十五回，秦鐘姊姊喪禮，在廟裡頭，秦鐘就搞起一個小尼姑智能兒。他把智能兒抱到床上，性慾高漲，立刻扯褲子，秦鐘不管場合，也不分性別了。

《紅樓夢》裡的青少年多是今天的「酷兒」，秦鐘是，薛蟠、金榮都是，「酷兒」們應該重看《紅樓夢》。

● 作者簡介

蔣勳

一九四七年生，中國文化大學史學系、藝術所畢業，並曾赴法國巴黎大學攻讀藝術所。曾任《雄獅美術》月刊主編、東海大學美術系主任、《聯合文學》社長。創作文類橫跨小說、散文、新詩、藝術史與美學論述。著有散文集《池上日記》、《捨得，捨不得——帶著金剛經旅行》、《肉身菩薩》、《微塵眾》等；藝術論述《美的沉思》、《天地有大美》等；詩作《少年中國》、《多情應笑我》、《眼前即是如畫的江山》等；小說《新傳說》、《情不自禁》、《寫給Ly's M》；有聲書《孤獨六講》、畫冊《池上印象》等。

童趣、野趣與理趣

——邱坤良《馬路・游擊》

臺灣散文應當怎麼走，才能發展出更多樣化的風貌？我想邱坤良的文字，為讀者提供了另一種視野及可能性。

《馬路．游擊》是一本「輕鬆」的散文集，輕鬆的原因並不在於內容浮泛空洞，而在於作者的筆調及表述方式。遍觀全書，親切、溫暖的「古早風」充斥字裡行間，當然，這首先與作者引用大量民間俗諺有關：「日頭落山，水鬼賣豆乾」、「韓信要死哭三聲，繳仔愛予憨仔贏」等等鄉土語彙自然入文，相當程度上增強了散文語言的活潑性及生動度。即使寫城市風十足的「喝咖啡」之類題材，「想孔想縫」、「沒有才調」、「青菜一杯」等詞彙，亦理直氣壯地從字裡行間走來；而〈藍山咖啡因〉全文讀畢，由「我每天習慣喝一杯咖啡，成為生活中重要，而且必要的休閒與享受」，到「那麼以後請你記得，你喜歡的咖啡不是藍山，是曼特寧」的真相大白，不禁令人莞爾。這便是散文中所表露的邱坤良，喝咖啡亦能喝得如此「鄉土」，而又「鄉土」得如此可愛；他且在行文間自嘲貪小便宜、附庸風雅等等舉措，整本散文集所呈現的，便是這種如假包換的本真氣息。

讀邱坤良的散文，每每令我想及小說界的黃春明。植根於土壤、充滿生命力的書寫，是二者共同的感人之處。在一次對黃氏父子所做的訪談中，黃春明曾提及相較於上一輩，黃國峻是「往內看」的一代，生活天地小，內在的世界則很膨脹。做為蒼白的這一代，讀邱坤良的散文，其實我相當歆羨「往外看」、擁有遼闊天地的一代，看作者寫他的大學生活、寫他的民間友人，那當真是個「彩繪的天空」，充滿了「大碗喝酒，大塊吃肉」的豪邁，以及說不完的故事。這些故事是充滿童趣與野趣的生活記聞，作者且把此種特質保留到成年後所面對的都會環境中，看他寫學開車、考駕照期間與助理彼此的互動，充滿了孩童式的天真情趣；寫城市場景下擁擠的車陣人潮，雖迥異於鄉下開闊的視野，於他自在的觀照下倒也別具風情。在散文中他侃侃而談童年生活：「教室裡的氣壓高高低低，很容易造成目眩、嗜睡等毛病，這種症狀不一定要看醫生，只要跑到操場、馬路呼吸新鮮空氣，立刻覺得精神爽朗，不藥而癒。我發覺生活的自在是對空間、環境的熟稔與和諧，掌握空間環境，就能掌握生活。」此種意念延伸以對複雜壅塞的都會生活，無怪乎即使面對臺北市區車位難求的窘境，作者亦能在經年累月的「馬路．游擊」中自得其樂。這便是一種生活觀照、一種生命情調的啟示了。

童年的鄉土經驗，加上戲劇的專業素養，成就了邱坤良全書的文字風情；而二者融合而成的生活態度，則是我從這本散文集裡所得到的深刻啟發。本書關於戲曲藝師的記錄固然精采，對門外漢而言畢竟隔了一層；然而人生如戲，在「歹年冬、厚肖人」的喟嘆裡，作者卻能對社會亂象做一番嘻笑式的排遣。瘋癲的年代、做戲的人生，以如此態度觀照柯賜海、董念台、王筱蟬等「街頭行動家」的「表演藝術」，當真是戲如人生了，這其中實有著生活結合本行的洞澈與豁達。

質言之，本書是作者對於生活樸實而真誠的展現，不單是記事生動，幾篇寫人的篇章也栩栩如生、神態盡現，當中如〈許教授的人間行腳〉一文，夾敘夾議，被傳者與為傳者的人格性情俱現，尤其令人低迴良久。若言本書有小疵，則在於字裡行間，作者或為求「有裨於國計民生」，有時候忍不住要站出來說教一番，〈馬路游擊〉、〈醫生與燒酒螺〉、〈坐火車向前行〉諸文中都可見此等文字。然而板起臉孔說教畢竟非邱坤良所長，因此行文間不免顯得彆扭生澀，我想作者還是調皮點、自然點顯得可愛些，人如是、文亦如是。

生活風景

◎邱坤良

1

上一輩的人沒有見過大場面，但知道馬路不是給馬走的路，而是提供人、車，甚至貓狗雞鴨共用的生活場景，先來先贏，戲棚下站久人的。人騎馬在路上奔馳，應該是十分古早的事，要不然，只有電影才會出現的畫面。我小時候所謂馬路其實就是泥土路或碎石路，車子經過都會激起萬丈塵沙，一下雨更是泥濘不堪。即使如此，人們有事沒事還是會往馬路跑，洗衣、煮飯，甚至休息、睡覺，人車爭道、雞犬相聞。兩旁人家飯吃到一半，聽到街頭聲響，知道又有熱鬧可看，往外一衝，整個人端著碗、拿著筷子，已站在馬路中間了。這種場景聽起來像遙遠中世紀的天寶遺事，其實四十年前臺灣社會仍然保留這樣的生活寫照。

在汽車還不十分普遍的年代，牛車、鐵牛、腳踏車，甚至人拉貨物的離仔卡都可算車。有車的人家代表生活有了保障，也顯示某種身分地位，出門就像擺鑾駕似的，極其風光。馬路有寬有窄，就算彎彎曲曲繞過羊腸小徑，最終還是豁然開朗地與廟埕、亭仔腳相連。這條線路不是虎口，而是民眾的生活空間，也是串聯里社間的人情動脈。馬路上到處可見一攤一攤、一擔一擔的流動小販，供應各式各樣的零嘴、飲食。許多人站著、坐著、蹲著，不管姿勢，也不在乎吃相，捧起食物就大快朵頤起來。縱使塵土飛揚，路邊攤生意照做，顧客也百無禁忌。當時民眾的衛生習慣的確比較青菜，「請勿隨地吐痰」、「請注意公共衛生」的標語到處張貼，與「檢舉匪諜、人人有責」、「反攻大陸、解救同胞」的宣傳口號相互輝映。在教育普及，注意養生、重視環保的今天，如此「不識字兼無衛生」的現象早已一去不復返。不過話說回來，骯髒吃，也會骯髒肥。生活單純，不曉得深思熟慮的人，有時反而諸法皆空，自由自在。

我童年時代常一早打赤腳出門，上學、遊戲、放學，沿著馬路串聯生活動線，很像在吃電力公司的頭路，負責計算馬路兩邊電線桿的總數，母親就常用「算電火柱」數落我的無所事事。我好像為顧三頓而勞苦奔波的人，回家時通常全身污垢，晚上洗腳丫都得用上鬃刷，才能塵歸塵、土歸土。洗淨之後，換上乾爽的汗衫，與玩伴拖著木屐「踢躂，踢躂」四處夜遊，興之所至，木屐往牆角一擺，又在馬路巷弄之間穿梭。一夜下來，滿身髒臭，睡覺前還得再來一次塵歸塵，土歸土。

後來大部分的馬路翻修成柏油路，看起來乾淨，也好走多了，但夏天太陽照射，柏油加溫，路面隨著滾燙起來，光腳走過，黏仔膠黏著腳，邊走邊跳，像長了什麼見不得人的花柳病似的。我小時候一直搞不懂，生活明明如此野趣，為何出現在課本圖畫的小朋友，大多整潔、乾淨，穿鞋襪，一副知書達禮的模樣，他們到底是哪一國人？

馬路是青少年生活學習的場域，其實也是大部分家長對子女「放牛吃草」的原野。所有學校教育、家庭教育付之闕如的，都得在馬路學習，馬路也像教室一樣提供孩子們的成長空間。這應該是一種習慣，或者，是一種權利吧！每個人從小到大的成長過程，似乎就如一塊海綿，永不停歇地吸收外來的水分，不分潔淨或污穢，一切概括承受。然而，缺乏一段家庭、學校的演練過程，立即投入鮮活生猛的社會戰場，著實需要勇氣，也需要運氣。有人韌性十足，愈戰愈勇，有人進退失據，失去方向。對我而言，各種馬路上的新鮮事務，不分青紅皂白，只要出現在我的活動場域，就會成為生活的一部分，不管它帶來的是驚嚇或快樂。

我常覺得自己很幸運，從小到大沒有面臨太大的壓力，或許說不知道什麼叫壓力，因為很少被迫做非做不可的事。這並非意謂我的人格特質有何天賦異稟之處，原因在於凡事只求平安，不添福壽，考試六十分，便心滿意足。這種心態由來已久，但不代表我一直處於「玉不琢、不成器」，無人「教示」的狀態。我的雙親一如全天下偉大父母，每天耳提面命、念茲在茲，要我守規矩、有耳無嘴，食人八兩，還人一斤，長大之後做一個「有用的人」。而「有用的人」，並未嚴格限定，也沒有標準規格，只要平平安安，快快樂樂，不常向他們要錢，不給家裡添增麻煩，就是「有用的人」了。如果長大以後能賺錢奉養，讓他們在左鄰右舍大聲講話，就算今之孝子了。確立了目標與原則，我與父母之間各自表述，就沒有明顯的衝突或代溝可言。就算有代溝，阿公煮鹹，阿嬤煮淡，各煮各的，也不會引發衝突。

與父母的期望相比，學校、課本裡的聖賢或老師口中的偉大人物，對我就太過遙遠了。這些古聖先賢從小氣宇非凡，志向遠大，唐詩三百首、四書五經早就背得滾瓜爛熟，而後報效國家，抵禦外侮，建立豐功偉業。大部分的學童因這番教誨而見賢思齊，確立人生方向。但對不才如區區在下，卻如對牛彈琴，這些神蹟給予我的，不但不是鼓勵，反而是洩氣。課本裡把偉人故事講得愈生動，我愈感動，也愈想效法。可是認真計算自己斤兩，發覺除了司馬光打破缸、蔣公看魚力爭上游沒有技術問題之外，其餘都有相當難度。想著想著，覺得一生無望，不禁怨嘆：為何命如此？

2

教室裡的氣壓高高低低，很容易造成目眩、嗜睡等毛病，這種症狀不一定要看醫生，只要跑到操場、馬路呼吸新鮮空氣，立刻覺得精神爽朗，不藥而癒。我發覺生活的自在是對空間、環境的熟稔與和諧，掌握空間環境，就能掌握生活。而人與空間環境的互動，因人與時空而異。我小時候滾遍故鄉的每條馬路、巷道，有時步行，有時跟著車子跑，牛車、三輪車、鐵牛、離仔卡皆成為「玩」具，生活也隨之流動。車子對我而言，彷彿有些人性，也成為檢驗生活環境的指標。「與車共舞」的親暱感不完全來自車子本身，而是它出現在我所熟悉的馬路與巷道。縱使巴士、火車這些現代交通工具不能像鐵牛、離仔卡供我驅馳，但坐在裡頭，空間無限延伸，原來目光如豆的視野也為之開朗。我因而喜愛接近這種龐然怪物，聞聞巴士排氣管散發出來的柴油味，以及火車頭冒出的煙硝味，或者沿著鐵軌步行到他鄉外里。這些別人視為無聊、危險的舉措卻是我童年重要的娛樂與消遣。

而後到城市讀書、工作，進入新的生活場景，到處都是車輛與行人，熱鬧滾滾，但車子並不認人，每一部看來都冰冰涼涼，有時卻又凶猛無比。也許從小在馬路遊戲慣了，我對五顏六色的紅綠燈標誌、人行道線條始終缺乏戒心，走在馬路上猶然大搖大擺，要過就過，想停就停，忽略它像捍衛戰警般聳立在城市空間，隨時監督我的行動。我彷彿從泥土中硬被拉拔起來，渾身不自在，從未發覺人與空間的距離如此遙遠、人與車子的關係如此疏離。與車輛間缺乏感情的連結，代表對這個城市的環境無法掌控。走上城市街頭就像進入虎口，一不小心，就可能栽個大筋斗，而且成了妨礙城市交通，阻礙社會進步的一塊爛石頭。

有長一段時間，車子看不起我，我也看不起車。我不但沒有車、不會開車，也不想了解車。我所知道的汽車分做四種，大巴士、拖拉庫、計程車與「自家用」，如此而已。高級車、廉價車、新車、舊車一視同仁，有關車輛的類型、結構、性能、價格也一無所知。從來不知道一部會跑的四輪車，還有那麼大的階級與學問。不過，坐大巴士、計程車，或在別人的轎車上，環顧四周，總覺得那些四處竄動的車輛，正急切為臺灣找出路似的，忙得吧吧叫。而義無反顧、勇往直前的駕駛人則掌握了社會脈動，爭取時間，努力為臺灣拚經濟，更讓人不由得產生一股敬意。

城市的馬路有如各方競逐、寸土必爭的戰場，也是追逐社會腳步的場景，沿著馬路走一趟，就像進入一個大賣場。到處都是貨品生態展示櫥窗，不但立刻取得簡便的生活資訊，也提供民眾觀看自己的一面大鏡子。從頭到腳，能不能跟得上時代，逛逛馬路立即知道。每個人的生活背景不同、目的不同，馬路意象互異。不過，就算是阿三哥、大嬸婆進城，亦可從城市生活中獲得成長的經驗。我就曾在城市的馬路上學到前所未有的人生體驗，藉著這面照妖鏡看到自己的德性，努力革除「罄竹難書」的不良習慣，好讓自己有教養些。雖然其中大多屬於「國民生活須知」的範圍，但別人的一小步，就是我的一大步了。

隨便舉個例子吧！以前出門，披件外套、穿上拖鞋，已隆重地像要參加國宴似的，現在非得穿戴整齊不可，據說這樣子才算有禮貌。雖然在旁人看來，所謂整齊，不過是衣服、褲子、鞋子等基本搭配齊全而已，邋遢的樣子一看就知道是從鄉下來的。

有一段時間我喜歡打電動玩具，經常穿著拖鞋到住家附近百貨公司內的電動玩具店打一、二個小時，習以為常，從不認為打電動還要注意穿著。直到有一天在另一家百貨公司內的餐廳吃飯，看到有人穿著拖鞋進進出出，不禁皺起眉頭，心生厭惡，忍不住對同桌友人說：「這個鄉下人穿拖鞋到餐廳，實在難看……」話還未說完，猛然想起：「我自己不也是這副德行嗎！」

以前我有事沒事就到戲院晃蕩，等待任何混進戲院看戲的機會，就算不能如願以償，瞧瞧「看板」，看看劇照也十分逍遙自在。長大之後，雖然已有購票的能力，但仍保留「看」戲院的習慣。有一次經過西門町，順便逛逛電影街，看看近期放映的電影海報。無意間瞥見一位六十多歲、西裝筆挺的男士，在某家電影院門口東張西望，像在掃巡什麼目標似的。離他幾公尺處有位年輕女孩靜靜站在戲院角落，似乎正在等人。男士盯著她打量片刻，隨即趨前在她耳際悄悄說話。只見女孩又驚又怒地大聲叫吼：「不要臉！」男士若無其事地走開。目睹這一場景，我愣了一下，很快就了解是怎麼回事。而後我看到戲院前衣著整齊的中老年人，總想到釣美眉的西門町怪叔叔，也想到自己以前在戲院前溜達的模樣，在旁人看來，應該是一丘之貉吧！我不自禁地「呸！」了一下。

雖然城市改變自己長年的生活方式，但有些特殊癖好並未因而消失。例如吃路邊攤的習慣，我一路走來，始終如一，而且愈吃愈有心得，從不覺得它骯髒、庸俗。有一次在夜市吃炒米粉，有部車子絕塵而過，頓時捲起一堆灰塵，眼睜睜看著那碗米粉籠罩著塵沙，不禁一陣反胃，整整一個星期不再碰路邊攤。不過，幾天之後，又故態復萌，經常流連夜市，與民眾擠在一起了！

3

封閉的年代，馬路也是談情說愛，「散步行街路」的好地方，平凡中自有浪漫，所以才會有人在中山北路行七擺——也就是走七遍的意思。一條馬路值得如此流連、回味，必然充滿情感記憶，特別雙邊關係混沌未明之際，與自己喜歡的人上街，藉著過馬路，拉拉小手，根據身體的化學變化檢驗彼此。雖然可能會錯意或誤判情勢，但最起碼，在那個關鍵時刻，人生充滿希望，溫暖無比。這種古早人純純的愛，已經像青春小鳥一去不回，現在就算有個女人（或男人）讓你扛著、背著或抱著逛街，也不代表特別意義了。

我雖無法掌握城市空間，依然常用兩隻腳走透透，再遠的路途也不在乎。有一段時間在國外生活，住所離學校將近十公里，步行要一個多小時，車程只需十幾分鐘。我常捨棄便利、快速的公共巴士，寧可安步當車。為了避免走這一趟路變成例行公事，我常在兩個定點之間的大街小巷任意穿梭，並隨時變更行進方向，盡量不走相同路線。雖然距離略增，但路線不同，路況、景觀也不同，每一段路程都可能有新的發現。有時碰見社區民眾搬家大拍賣，家具、日用品擺滿一地，免不了光顧一下，看能不能撿個便宜。有時發覺某一家人的組合十分特殊，例如黃黑、胖瘦、高矮對比強烈，立刻引起我的八卦聯想，漫長的路途因而新鮮無比，毫不覺得勞累。尤其黃昏時節，景色怡人，沿路走來，心情更佳。偶爾停下腳步，選擇路旁的咖啡館小歇，觀察周圍，有意無意聽聽旁人談話，雖有摸魚打混之嫌，但覺得人生真是快樂逍遙。有時候路走岔了，問問旁人，順便小談兩句，別人熱心指點，你也誠懇致謝，簡單一件微不足道的小事，就可找到人跟人之間難得的善意，整天的生活感覺格外愉悅。

社會環境不斷地變遷，城市馬路與路邊風景也經常更換，就拿首善之區的臺北市來說吧！街道永遠坑坑洞洞、圍圍堵堵，一副每天都在「大興土木」、為城市動美容手術的樣子。大小工程製造噪音、污染，也造成交通混亂，給民眾生活帶來不便。不過，一切好商量，施工單位只要豎立一塊牌子表達歉意，市民就能共體時艱，見怪不怪。這時候我不得不欽佩市民的高度修養了，也許大家都把城市當作自己的故鄉、自己的母親，希望故鄉更美麗，母親更健康。有了偉大的目標，一切犧牲、奉獻都是應該，而且值得。尤其抬頭看到捷運在馬路半空呼嘯而過，猶如飛龍在天，更讓人額手稱慶，大喊：美夢成真了。

若干年前我到日本廣島遊玩，第一次看到這座曾淪為人間鬼域的南方城市，感覺自己正走入歷史之中。老廣島人多半已在那場災難中喪生，現在的住民多是戰後從外地移入者。除了聳立在市區的和平紀念館為歷史作了見證，也保留城市共同記憶之外，廣島與其他日本城市相較，並無明顯的異常。行過街頭，舉目所見，人物景象一派祥和、有秩序，令人很難想像半世紀之前，城市歷經一場人類史上的空前浩劫。偶爾在路旁看到用柵欄圍住的小工地，才知道他們正在興建地下鐵，以便迎接即將到來的亞運。為了不影響城市交通與民眾生活作息，施工單位多利用夜間趕進度，車子在地面奔馳，底層則加緊施工，各行其是，互不干擾。任何時間從市區走過，幾乎察覺不出一項巨大的工事正在進行。如果在臺北，大概非得把整座城市弄得一場亂，不足以顯示工程偉大，就好像歷經劫難的人，如果沒有呼天搶地的哀嚎，無法表現千古冤情似的。

4

大部分的人一出生就注定一輩子奔波勞碌，汲汲營營，而後日子在彈指間溜過。朝起夕落、春去秋來，形貌、心境的變化，未必自知，別人的眼睛卻是雪亮的。我小時候面對仰之彌高的威權老師，或飽經風霜的鄰居歐吉桑，總以為他們已經七老八十了。後來估算，其實他們當時的年齡不過四、五十歲而已，比現在的我還年輕。以前對老教授的刻板印象就是皓首窮經的學究，或像電影或小說裡穿長袍、咬著菸斗，一副仙風道骨的老翁。現在公教人員並不好混，屆齡就必須退休，留在校園中的「老教授」差不多就是我輩中人了。

我警覺自己在青少年眼中，大概就如當年印象中的老歐吉桑或老教授吧！生活超過五十年，依古人的標準，應該「知天命」，了解上天的意旨，順應自然的稟賦。換做別人，早已成熟穩健，扮演一派宗師，開口閉口天人合一，要不然也天宇殺機。為何自己猶是不長進的老小孩，與三十幾歲也沒太大差異，說思想停滯毫不為過。追根究柢，或可歸因從小行為差池，誤交損友，可是仔細一想，好像也不好說誤交損友，因為自己本身常是別人的損友。

不過，隨著年紀漸長，經驗增加，看待人間事的角度、胃口還是有些不同。許許多多年輕時代視為理所當然、新鮮有趣的事，有如鏡花水月，再也沒有機會，或者沒有興趣捕捉了。我更能體會做人的確不簡單，甚至可說是一件偉大的事。因為每天面對那麼多人、那麼多事，應付那麼多的人與事，讓腦神經都快打結了。打開電視、攤開報紙，形形色色、推陳出新的社會百態紛紛出籠，令人眼花撩亂。且不說什麼「創造宇宙繼起之生命」的大學問，光是盤算如何平平順順過一天算一天，都得費點心思。

生活或許就如吃飯，說容易很容易，說難也難。到底怎麼吃飯，吃什麼飯，富貴貧賤、環肥燕瘦，人人標準不同。可是每個人都必須吃飯過日子，成大功、立大業的人需要吃飯，遺世獨立或遊手好閒、孤苦困頓的人何嘗不然。不管吃的是五星級飯店或路邊攤，燕窩魚翅或粗茶淡飯。就算僅僅為了苟延生命，也不是人人理所當然，想吃就吃得到。每個人總得磨練生活的勇氣與智慧，才能在愈來愈擠壓的風塵中找到他的「人本」，找到他的立足之地。

人生短暫，譬如朝露，小人物的海海人生，承擔不起古聖先賢所賦予的重責大任，一步一腳印，漫長而辛苦。能夠了解眾生皆苦，輕鬆以對，在枯燥、困阨生活中自得其樂，堪算是一名智者了。一般人視智者猶如聖賢，對我而言，所謂智者，無需大智慧，也不必具備大財力，只要讓自己活得快樂、有尊嚴，就受之無愧了。如此智者，或許只是社會賢達所謂的鴕鳥心態，或阿Q式的精神勝利，甚至視之為民族劣根性。可是人生在世，並非個個皆含著金湯匙出生，也不是人人都有堅強的意志，能克服困境，成就自己。絕大部分庸碌之輩所追求的，只是起碼的生命價值，若無一點阿Q精神或鴕鳥心態，日子豈非更加難過？

舞臺上的戲文和「講古」的人常說「人生如夢」、「人生如戲」，這兩句四字真言，聽起來茫茫渺渺，很難用科學、邏輯分析。畢竟每個人生命歷程不同，價值觀也不同。如果人生如夢，那麼，很多人每天都在夢遊，有些自由意識，也常身不由己；如果人生如戲，每個人都得扮演角色，隨時裝腔作勢，也隨時調整自己。

●作者簡介

邱坤良

一九四九年生，臺灣宜蘭人，法國巴黎第七大學文學博士、中國文化大學歷史研究所博士班研究。曾任國立藝術學院院長、國立藝術學院戲劇系主任兼研究所所長、北藝大校長、北藝大藝術管理與行政研究所所長、國立中正文化中心董事長、文建會主委，現為北藝大戲劇學系兼任教授。著有散文隨筆《馬路．游擊》、《南方澳大戲院興亡史》、《驚起卻回頭：邱坤良散文自選集》等；近作為戲劇評論《寶島大劇場：目睹之現狀與怪現狀》。

以淡定之筆摹真我

——何寄澎《等待》

《等待》是何寄澎先生二〇〇二至二〇〇五年期間，於聯合報副刊撰寫專欄文字之結集，書分六輯，輯一「單純的熱情」裡收錄篇章較多，寫本心、寫初衷、寫心性習慣之所由來，並寫對於過往人事的體會；輯二「腳踏車之夢」則寫童年的海島記憶、寫對簡單純粹年代的懷戀；輯三「該被讚美的人」素描市井人物、友朋及師長輩；輯四「造物不吾欺」則轉以草木、自然為觀察對象，俯仰其間，默會啟示；輯五「書憤」撫今追昔，評點時事與社會亂象，發抒自我感慨；輯六「傅斯年是誰？」則由教育現場著眼，提出觀察與諍言。

過去這些篇章見諸報端時，我每每捧讀再三，迴思良久，彷若何先生日常與我對面而談，即令隻字片語，歸返後亦足以教人咀嚼、回味多時。源於何先生對於自我與生命的思辨，反省斟酌，極見層次，書中頗多篇章如〈偶然與必然〉裡論證生命中的「偶然」與「必然」；〈靜夜讀詩〉寫孤夜墨穹下讀書，內心之煢然有悟，轉折間自有多重進境。至於對家人的情感表達，則屬較少見的一面，在〈父親，請好好的走〉、〈燈與書桌〉裡，何先生寫對父親的崇敬與不捨；在〈晨起喝粥〉裡，暗藏童年失恃的隱痛；〈市場與廚房之外〉裡，則寫妻子對家庭的照拂，而觀諸〈飯桌與書桌〉、〈燈與書桌〉、〈櫻樹．鳥窩〉、〈兩株樹〉等文，對妻的感念與體貼亦隱現於字裡行間。凡此篇章表情俱含蓄而內斂，滋味綿長。

全書我最愛「腳踏車之夢」與「造物不吾欺」二輯，一寫童年、一寫自然。童年憶往部分，〈腳踏車之夢〉裡對再度以腳踏車代步，於是「『上學』彷彿山中的漫遊，而自己像一陣輕快的風，又像一朵自在的雲，吹過去又飄過來」的描述，稚氣歡樂之情溢於言表，見其童心的始終如一；至於寫「腳踏車之夢」終歸幻滅，由遺憾到釋懷間心境之轉化，則又自有其生命境界的提升。再如〈坐公車〉一文，以「童年公車就像熱鬧的市井，窗外是無限寬闊的天地；而今的公車則像寧靜的扁舟，窗外是或明或暗的人間」相互映照，淡淡寫來，多少人事滄桑與生命之流轉，便盡在其間幽然湧動。

至於寫自然啟導的部分，無論春寒、秋至與冬臨，何先生都各有或朗澈、或自足、或篤實的參悟。其中對於物景的體察與描摹，尤可見其纖敏之心思與機杼，例如〈秋之一日〉裡寫清晨至校時沿途所見，其筆下景物看似冷清，實則姿采繁富：「臺灣欒樹的黃花與紅果，簇生梢頭，交互輝映；爬牆虎的葉子半仍是綠，半則轉為赭紅，貼襯在褐白相間的牆上，顯出斑駁的韻味；唯茄冬樹的葉子油亮翡翠得使人驚異。圖書館旁白千層下有人靜坐、有人讀書、有人漫不經心的吃著早餐……」，此等白描文字裡，對於秋光之渲染與氛圍之營造，隱現出一種寧靜中的喧鬧。至於鋪陳自晨經午至黃昏，對於秋氣之浸潤與體感，舉凡「純淨而透明」、「優雅而祥和」、「寂寥而寧靜」、「凜然而沉默」所描述者，豈止是空氣中流淌的氛圍？更為一己心境準確之映照。此文收束於「這是我生命中的秋之一日」，斷語下得適得其時。莫非心境之投射使然？何先生寫起秋氣來，格外深刻動人，我等心中默會，滋味遂盡在其中。

由此觀何先生對於文字的斟酌，絕不隨興粗疏，亦非平淡枯槁，更不作虛矯雕飾，但分明琢磨再三，從而開出穩靜雅潔的文字風格。試觀〈造物不吾欺〉裡寫時序之遞嬗：「雲愈來愈白，天愈來愈高，而月愈來愈遠，卻愈來愈明；至於陽光，雖依然耀眼，但再也無夏日的熱度，你可以感覺到那種漸漸沉落的強弩之末；此外，只有在每年涼風起天末之後始翩然飛來的野鴿子，也開始出現在林中覓食。我又同時發現：原本鎮日穿梭跳躍於枝椏間的松鼠突然失去了蹤影；而細細的秋雨一陣陣的就在你睡夢中瀟瀟飄落，無聲無息。」看似平凡日常，無意為之，然而一段寫景文字裡，晨、昏之遞嬗有序；眼見、身感鋪陳得宜；靜、動錯落自有風致；醒睡間且又有虛實真幻之趣。何先生寫自然時，某些文字的運用且特別輕靈活躍，如陽光透過百葉窗「烘」亮白壁、樹木相互「雕鏤」彼此的容顏等。要言之，其淡定的路數裡亦自有靈動之風姿。

再言何先生筆法結構之嚴謹、用字鑄辭之考究，行文間則又有融匯古典散文之跡，〈酒党小記〉一文最為明顯。觀其於〈後記〉裡自言寫作時「反覆推敲字詞的意義、音色，句子的氣韻、寓托，以及亟欲表達的情與志與道，必定要『心安理得』始置筆而止」，足見其下筆之敬謹。我以為一如周作人、林文月與楊牧諸家之散文，何先生所崇仰傾慕者，亦正為其所追蹤躡跡者。

《等待》一書裡，另有憂國憂民之篇章，集中於「書憤」、「傅斯年是誰？」二輯表述；即令〈兩株樹〉裡寫羊蹄甲與櫻樹被移植後的勉力生長，亦不免於文末慨嘆族群撕裂之可悲，文人感懷時事的愴痛，真真是表露無遺。然而，即使在「書憤」之際，何先生仍是出之以商量筆調，由此顯現其知識分子的風度與氣質；而在失望中，並仍流露出自我期許的堅定與堅持。所謂「不得不發的鳴聲，理當更為寬和婉轉」、「揚善去惡、責人盡分，理當更為循循然」，這是何先生的衷心自許，亦是其臨事之自我實踐。

由此觀之，本書題名為「等待」，容或有其對於個人、對於創作、對於社會的寄託與希望。在〈等待〉文末，何先生亦嘗自言：「我將等待那原來的『我』的返回」，然而做為學生的我在文字流轉間、在日常親炙裡，卻始終感受得到，何先生所等待的那個原來的「我」，其實從未曾須臾稍離。

造物不吾欺

◎何寄澎

世間唯一真實的只有自然；唯一不欺的也只有那孕育了自然的偉大造物者。

我住的宿舍區，雖是三十年的老公寓，但林木蓊鬱，坐在書桌前，抬眼望去，即是一片參天的楓樹，左邊有一棵玉秀的松，其餘的空地上則長滿了欖仁、榕樹，以及一些不知名的植物。

平常的日子，我忙於各種各類的「正務」與「雜物」，早出晚歸，在研究室的時間比在家的時間長，以是很少注意這些植物的變化。這幾天，中秋已過，早晨起來，臨窗閱報，眼神偶爾飄到掃地的管理員身上，驀然發現，地上的落葉愈來愈多、落葉的枯黃愈來愈深，不知何時，竟能成堆成堆的聚攏於路旁，乃意識到季節真的已悄然遞轉。

然後我繼續發現：雲愈來愈白，天愈來愈高，而月愈來愈遠，卻愈來愈明；至於陽光，雖依舊耀眼，但再也無夏日的熱度，你可以感覺到那種漸漸沉落的強弩之末；此外，只有在每年涼風起天末之後始翩然飛來的野鴿子，也開始出現在林中覓食。我又同時發現：原本鎮日穿梭跳躍於枝椏間的松鼠突然失去了蹤影；而細細的秋雨一陣陣的就在你睡夢中瀟灑飄落，無聲無息。

我進一步觀察落葉的速度。不要看榕樹四季常青——它換衣的頻繁教人吃驚！而榕樹的增長也令人訝異——垂落近地，全如老者的枯鬚，透露衰弱的氣息；其次，松針大量掉落，厚度可以公分計，亦如老去之後，指爪輕易爬梳便沾了滿手的落髮；再來，便是欖仁的闊葉，往往落得你車窗遮半，拂之不去。獨獨例外的只有楓樹以及前年手植的一株幼櫻，但它們的葉子也開始斑駁，布滿如蛀的傷痕，較諸已歸塵土的落葉，似乎透露更濃烈的殘敗。歐陽修〈秋聲賦〉有謂：「夫秋，刑官也，於時為陰；又兵象也，於行用金。是謂天地之義氣，常以肅殺而為心。」證諸我所見景象，信知其言不虛。

但肅殺之外，也不是沒有輝煌的風景：巷口一排臺灣欒樹，在這個季節裡，黃蕊如串，串串相接，正兀自開花，展現它無限風華，增添了秋色的溫暖與明亮。

幾天來，我如是靜靜透過禽鳥花木、日月風雲的流轉，體會時序更迭，享受一種樸實無華的寧謐，感覺美好而充實。那是生命的忙碌中，必要的泊止與停憩。在過往歲月中，其實也曾有類似經驗，我知道那是宇宙自然所賜的恩典，讓我駐足觀察祂呈現的面貌變化——無論春夏秋冬、無論繁華慘澹，只是依序進行，準確無誤，啟示我體認人事的短暫無常，追尋無喜無懼、無憂無恐的心靈境界。但我這一次卻由衷而強烈的感悟到：世間唯一真實的只有自然；唯一不欺的也只有那孕育了自然的偉大造物者。垂首撫思近年周遭一切，竟都是假的；充斥著各式各樣的虛妄與欺罔。這社會早已隨政客、媒體，以及商人的任意操弄，墮落沉淪。想到這裡，我固然一方面慶幸自己還能從宇宙自然的變化中覓得真理的訊息；一方面則不免惶惑於面對所有紛亂顛撲之世事而無可如何！然而，我深信，前者的力量夠了；它足夠支撐我通過所有紛亂顛撲，去證明各式各樣的欺罔虛妄終歸是欺罔虛妄而已。

●作者簡介

何寄澎

一九五〇年生於澎湖，臺灣大學中文系博士。曾任臺大中文系教授、主任，臺灣文學研究所主任、夜間部主任、學務長等職，亦曾擔任《幼獅學誌》主編、幼獅文化公司總編輯，現為臺大中文系名譽教授、考試院委員。著有專業學術書籍《北宋的古文運動》、《典範的遞承——中國古典詩文論叢》、《永遠的搜索——臺灣散文跨世紀觀省錄》等，另有散文集《等待》。

有生有活遍地花

——阿盛《民權路回頭》

做為一名專業寫作者，阿盛在二十餘年的創作生涯中，散文專著的累積量已逼近二十冊，筆耕成果不可謂不豐碩。而在「量」的收成之外，其散文在「質」方面的講求與表現，多年來亦是有目共睹。長於鄉土的薰染，以及中文系出身的背景，使阿盛的文字，能夠自然遊走於臺語俗諺與文言語法之間；對於典故的自由化用、對於語言的鎔鑄與創造，儼然已形成「阿盛體」散文獨樹一幟的特色，也為現代散文注入了新鮮的活力與表現方式。

《民權路回頭》沿襲其散文創作中，對於題材的一貫堅持，書中有懷舊憶往的記述文字，亦有移居臺北生活的點滴心情。鄉野土俗的滋養，構成阿盛散文中最獨特的素質，在許多篇章中，我們可以發現豐厚的事件脈絡，以及活靈活現的人物寫真，依然是阿盛散文最擅勝場之處。他以說書人明快生動的筆調，歷數故土人物：曾令母親的心「比十二月天凍霜還冷」的表舅木村三郎、凶狠但亦可愛的流氓明叔及底下諸多「竹雞」、際遇各各相異的人力車夫財主永源清河其祥……，這些鄉野人物的悲歡喜樂，在阿盛實際的觀察與涉入間，呈顯出質樸而動人的基調。

至於「臺北居，大不易」的升斗小民生活，在阿盛筆下則多轉為無奈的自嘲，與冷眼看眾生的超然。阿盛其文，向於嘻笑中見臧否，不過此番嘻笑間的悍辣已漸轉為沉厚，讀之更令人低迴。觀其在〈優婆夷蝶戀花〉中對於在家出家、修道得道的辯證；在〈華年鬼故事〉裡關於人鬼相通的微言大義，力道一樣撼人，筆法卻收斂甚多。所謂世事洞明、人情練達，在阿盛散文中，已得到完足的展現。

除此之外，阿盛對於情感的節制表達亦有動人之處，〈秀桃〉一文深得蘊藉之旨。流光容易把人拋，「我」與秀桃幾經人生的波折，其間種種辛酸，作者俱淡筆帶過——秀桃的身世、婚姻、性情；「我」的苦讀、籌學費練心志諸般艱難，一路寫來無異是世事流轉。至於終了「我」揭示秀桃過往的信件與隱密情感，帶出鐵漢柔情：到底去不去看她？「我輕輕拭去眼角的水，轉車身，騎向來時路。」千言萬語，俱收束在此一包含諸般複雜情感的動作中……。

要之，我以為阿盛散文最為珍貴之處，是扎根於現實的強大生命力，他以誠摯之心觀察生活、記錄生活，也面對生活；對於人情的描繪，他指出有可敬之人亦有可鄙之輩，然而可惱之人亦有可愛之處。冷筆熱腸，阿盛於字裡行間對於萬事萬物所透顯的悲憫心懷，才是其散文中最動人的品質。所謂「唯誠唯善大是好，有生有活遍地花」，阿盛如實踐履，也如實在文字中呈現。至於語言的運用、內涵的豐厚度以及情感的收放，在其多年的創作與教學生涯中，也確乎已臻化境。

秀桃

◎阿盛

明叔的三個兒子娶親時，都由我當伴郎。因為，明叔說：「以這裡為中心，半徑兩公里的範圍內，沒人比你更適合。」

這話是有意思的。當伴郎，約定俗成但不明說的要件至少三個，第一，相貌大眾，第二，氣質平庸，第三，衣著普通。這樣的人，再怎麼裝扮，都未至於搶走新郎的光彩。當伴娘的最好也是如此。

我無所謂，反正順水人情。那三次婚禮，除了第二次那個伴娘之外，沒人多看我一眼。那伴娘何以看我兩次？她顧及整體面子：「拜託你喔，領帶重打一次，皮鞋帶繫好，還有，花別插在肩膀上，好嗎？謝謝你喔。」我答不客氣，以原樣如儀行禮，過程照舊順利，依然皆大歡喜。

婚禮嘛，新郎新娘高興就好。我有時候很單純，明叔喜歡我這種單純。他其實與我非同姓非親戚，歲數大，居相鄰，禮貌上尊一聲叔。他常說：「等我女兒出嫁，你來當放炮舅吧。」我含糊答應了，心中納悶，怎麼可能？那樣的女孩誰敢娶呢？假設是我，寧可就近去跳急水溪。

明叔疼小女兒，全鄉盡知。秀桃，名字不特別，可是這顆桃在明叔眼中是王母娘娘大宴後僅餘的仙桃。「誰敢說我女兒有一點點不好，」明叔經常對熟人陌生人說：「我用鐵砂掌劈斷他的嘴角筋。」

誰會吃飽了撐肚子去拔虎鬚？明叔十六歲起行走江湖，身上看得見的刀疤至少七、八條。他是全鄉第一也是唯一開菜店的，有錢有兄弟，我自小見慣那些竹雞，其實並不凶狠，待人有禮，明叔發脾氣打他們，直直站好，沒敢隨便爭辯，待得明叔氣平了，一樣立正輕聲說解：「大兄，是這樣的——」明叔嗯嗯兩聲，只一句：「下次再犯，剁腳筋，走吧。」

竹雞們負責處理菜店的各種日常或突發事。菜店，用都市人的話說，叫酒家。竹雞，用我鄉外人的話說，叫小流氓。做小流氓不容易，得苦練身手，打架時必定衝最前頭，除了自家大兄，別人喊不動他們。

當然，大兄的長輩是例外。明叔的老母三春姑婆，半小腳，拄枴杖，她打兒子絕不拿捏力道，明叔挨打時總要笑：「阿母，多吃一點飯啦，氣力太小了呢。」姑婆也笑了：「換做二十年前——哼。」「阿母，二十年前我跑得更快呢。」「若不是只生你一個——哼。」「阿母，生一個賢子，好過生十個不肖。」「你賢？你賢得氣死老母。」「阿母莫生氣，生氣會落齒。」……我與鄰人都愛看他們母子鬥口，那好玩。「好子負老爸，歹子孝老母」鄰人每每感嘆，順口誦念一些老諺。

唯一事，明叔不聽姑婆的。姑婆認為女孩子勿驕養，寵慣了將來制不服。但她的枴杖從未落在秀桃身上，她也疼秀桃。我自小學開始出入明叔家，直到二十三歲北上讀書，只聽過姑婆罵秀桃兩次。一次是因為秀桃把便當摔在明嬸腳邊，另次是秀桃嚎叫同學笑她父親是菜店頭家。姑婆不明白開菜店有什麼好笑的，指責秀桃「吃飯的人哪裡知道賺錢的人辛苦？」明叔先對老母笑，轉臉對一個竹雞吼：「明天去學校放話，給我記得！」

秀桃少我五歲，她的脾性比明叔更烈，像五、六月的鳳凰花。她三哥結婚那天，不曉得誰嫌她衣服土樣，她回房換下，扯成一片一片，丟出門外，再不肯出來。明叔在她房外說好話，無反應。我當伴郎，不管這個，明叔卻來求我，我想了想：「可以，先講好，我用任何方法，明叔莫見怪。」明叔點頭，我等了幾分鐘，在房門旁大喊：「秀桃，別耍流氓，妳的行為很像撒嬌討錢的酒家女！」秀桃打開門，深深看我，返內穿好衣服，進入客廳。明叔張口，喉結一上一下，久久才咬牙說：「我兩種事業，你短短十多字就全罵到了，你厲害，唔，厲、害！你還真是單純，哈，嘿，哈？」

明叔的菜店原本不單純，兼賭場呢。賭場沒定期，成局就開，風頭緊就收。閒暇，明叔教竹雞們練功夫，其中特重鐵砂掌。鐵砂掌也稱鐵拳頭，院中空地置一爐，爐上放鐵鍋，鍋中盛八分滿的鐵屑或細砂，相混亦可，鍋下生火，練者以手掌翻鏟，溫度漸高，不能畏縮，添柴三次，爐火熄後，繼續翻鏟，直到鐵砂轉涼才收手，以特製漢藥汁塗抹。

有個竹雞，我喊他李哥，練得最好。喊哥是看重，他少我四歲。我到臺北前，竹雞們請吃飯，他們的看法，讀書人都是孔子公指派考上的，所以席間他們盡量裝斯文，粗話極少出口。散席，李哥悄聲說：「我大兄很信任你，你看你當了三次伴郎哩，幫個忙，我想——那個——你想——秀桃——你幫忙講一聲——對我大兄——好不好？」我支吾左右。李哥簡直比我單純十倍了，我當不起這個放炮舅的。

在臺北讀書的日子，乏善可陳。我受教於很多好教授，所謂乏善，指的是打工籌學費，那真不善，豔日下寒雨中，扛重物爬鷹架。竹雞們練棍棒鐵砂掌根本不算一回事，比起來，我練的算是十八銅人功了，而且練心志，我強忍念親思鄉的苦，一年只回家一次。

頭兩年，回家一切如故。我去明叔家看探，秀桃淺淺瞧我，似恨似怨不多交談。反倒是菜店女人熱情迎接，她們還湊錢送紅包，我推辭，她們抓我衣領，紅包塞入我褲袋：「錢，有二三四舍會捧來拜託我們拿，推什麼？」舍，俗稱有錢人，二三四，概括泛指所有的舍。

李哥也集金送紅包，我乾脆受了。大二那年春節，他與我講了很多話，重點是秀桃。「還在想秀桃的事嗎？」「是啊，她高中快畢業了。」「別想。」「你意思是我配不上？」「什麼叫配得上配不上？她那個性，你會不曉得？」「曉得，大小姐嘛，不過以後懂事該會改。」「改？你有能耐讓她改？」「她有點喜歡我的。」「李哥，我從她出娘胎看到現在，換做是我，沒膽量娶她。」「好吧，我再多想想。」

下一個暑假，見到的變化極大。聽說李哥脹了膽求婚，三春姑婆沒意見，明叔有意見，暫時擱下。同時，鄰鎮靠我鄉很近的地方，開了一間大規模的酒家，地盤混淆了，雙方衝突了幾回，明叔重殘，菜店經營出問題，李哥代撐過數月，終究歇業。秀桃沒考上大學，在家。昔日熱熱鬧鬧的明叔家，庭院鳳凰樹下百千片花瓣，姑婆坐在樹頭，明嬸陪著。明叔躺床上，說三兩句，停下，又說三兩句。他提及秀桃，提及李哥，我聽著。明叔悽笑：「你來當放炮舅吧。」「秀桃答應了？」「答應了。」

來不及了，我心裡明亮。大四春節前，我提早回家，當放炮舅。放炮舅是名目而已，並非一定是什麼舅。婚禮不如前三次喧譁，將宴客，我去看新娘，尚未到門口，一個玻璃瓶飛中鞋根，往裡窺視，看來像伴娘的女子正在向秀桃道歉，我省下招呼，走開。

明嬸走了，我畢業後一年。明叔原打算恢復舊業，大部分菜店女人肯助力，李哥要代管，可是，盤計又盤計，鄰鎮的酒家女年輕且多，爭不贏。明叔的大兒子二兒子主張入虎穴，欲在鄰鎮酒家對面開新店，尚在洽商租屋，明叔的三兒子被人暗算了。

接下來輪番惡鬥，竹雞們或傷或逃，差不多散光。明叔雖能跛著走路，在老母面前卻再也笑不出來。三春姑婆向明叔討小孫子：「好好開菜店，去結冤仇舞拳頭動刀子做什麼？」「阿母，莫講啦，我錯。」我在一旁沉默，明叔轉頭對我：「秀桃要離緣，你去找她開解好嗎？你們一起長大的。」

我到李哥家。李哥的老母拉著我的手，一邊哭一邊訴。訴什麼呢？總歸一語，雞飛狗跳。秀桃入了李哥家門後，連貓都怕她，細節不用說了。我與秀桃對坐，她不跟我講話。我重施故技，假作輕鬆：「秀桃，別耍流氓——」她惡狠狠瞪眼，我閉嘴。我大遜昔時，我一點也不厲害了。

返臺北上班。明叔打電話告訴我，秀桃離開李哥了。「再嫁嗎？」「隨她啦，我能怎樣呢？」「我不再當放炮舅了。」「這種話不好笑。」

秀桃第二次嫁人時，不清楚有沒有人當放炮舅。新郎是縣議員，但秀桃算不算新娘？她是細姨，與大婦分開住。娶細姨需要放炮嗎？我存疑。

三春姑婆駕返瑤池，我上班第四年。歸鄉第一天，明叔的二兒子說起妹妹，不意外，秀桃又鬧了一番雞犬不寧，詳情勿須說了。歸總一語，縣議員給一大筆錢，叫她

「去嫁個皇帝當皇后娘娘」。喪禮上，未見秀桃。明叔蒼老多多，他撫棺泣呼：「阿母，妳的枴杖呢？妳的枴杖呢？妳打我啦，打我啦。」鄰人感嘆：「好去尚福氣，歹活無了時」，出殯一路上，我反覆思量這老諺適不適合用來形容姑婆。她高壽，睡著走的，這有福氣，那，她在世失了媳婦孫子，日子過得是好是歹？

隔年夏，李哥準備再娶。他問我該找誰當伴郎：「長途電話很貴，你快說。」「以前的兄弟呢？」「只存一個在故鄉。」「誰？」「常跟在我大兄身邊那個，正德。」「找他啊。」「不行，他早先練鐵砂掌，斷手筋，破相，未合啦。你——好否？」「我很好啊。」「我是說，就你來當，好否？」

只好請假。母親照例嘮叨要我快娶親，我躲開。去問候明叔。他與大兒子開了一間獎券行，生意不錯。「十多年了，我還在當伴郎。」我玩笑。「沒人比你更適合。」明叔的大兒子說。「秀桃？」「在菜堂，做菜姑。」「哈？」「哈！」明叔垂頭想事的樣子，客人進門都未察覺。

菜堂，正式名稱叫齋堂，菜姑，帶髮吃齋的婦女。我騎車往溪畔的菜堂，半路停下。人各有命，世事多變，我能掌握多少？即使見到她，我有何可說？……我在路邊鳳凰樹下坐著想。從上衣口袋掏出幾封很舊很舊的信，展開其中一封的信紙，摺痕處處，明叔的二兒子結婚，那年我二十一歲，信是那陣子收到的，細細的筆跡：「……你長得五官端正，氣質很好……我二嫂的伴娘自己醜，卻嫌你……你有光彩，你有個性，我喜歡你那無所謂的作風……你喜歡我嗎？……以後離鄉會忘了我嗎？別忘了我好嗎？……我真的要等你，我十六歲了，再過幾年就長大了……真心欣賞你的秀桃。」

摺好信，我翻開另一封的信紙，相同的筆跡，字多了些：「……你故意罵我要流氓，你不知道我討厭這個流氓家庭嗎？……上次給你信，你沒有一點表示，我氣的是這個……給我一點明白的表示吧……你一定會到臺北來唸書的，臺北有很多漂亮女孩……我快十八歲了……你嫌我的家庭嗎？我不是自願來生在這裡的……我脾氣不好，一定聽你的話去改……你相信我，我做得到的……為什麼每次見面都不表示呢？……你怕什麼？你怕什麼？……我的心屬於你。秀桃。」

其他幾封信亦發黃了，都是秀桃結婚前寄來的，我不曾回信。我不想再看，一併收入袋裡。

鳳凰花隨風微飄，不遠的急水溪堤岸，灰灰的，望頭上，一樹的紅，火燒也似的紅，我的心有灰有紅。到底去不去看她？她會不會理我？我緩緩立起，牽車，跨上，極慢的騎向菜堂，看見菜堂大門了，附近好多燒向天際的鳳凰花，漂亮的鳳凰花，令人落淚的鳳凰花。我輕輕拭去眼角的水，轉車身，騎向來時路。

● 作者簡介

阿盛

本名楊敏盛，臺灣臺南新營人，一九五〇年生。東吳大學中文系畢業。曾任職中時報系十七年，一九九四年創立「寫作私淑班」迄今。著作：散文集《行過急水溪》、《十殿閻君》、《夜燕相思燈》、《萍聚瓦窯溝》、《三都追夢酒》、《海角相思雨》等二十三冊、長篇小說《秀才樓五更鼓》等二冊、歌詩一冊。並主編散文選集二十二冊。作品多篇選入多版大學高中國中國文科課本。得獎：南瀛文學傑出獎、五四文藝獎、吳魯芹散文獎、吳三連獎文學獎、中國文藝協會文藝獎章、中山文藝獎。

在尋常日子裡造人生

——畢飛宇《造日子》

畢飛宇的散文集《造日子》平白如話，彷彿一冊與讀者閒聊的小書，但卻分明是好看的、系列性的話家常。書分七章：「衣食住行」寫貧窮年代的物質生活；「玩過的東西」寫貧窮年代的精神娛樂；「我和動物們」寫孩子和動物的親密關係；「大地」談蘇北興化老家的麥地、稻田、棉花地、自留地與荒地；「童年情境」寫若干場景對於個人生命史的形塑，凡此皆是立基於鄉野的成長記錄。全書充斥了濃厚的民間風味，「貧窮」與「大地」是關鍵語彙，寫自然景物而見農民氣息，也照見自我在文字荒地裡耕耘的唐吉訶德精神。

對於農民的推崇、對於土地的實感，顯示出做為一名來自底層的文字工作者，畢飛宇在自然主義作家與現代主義作家之間，注定選擇勞動書寫，而非懶漢文學。但在自然主義不帶情感色彩的客觀書寫以外，畢飛宇本質裡又有著南方的溼潤與柔軟，例如在談家畜的文字裡，他冷靜細寫農民如何「煽」去豬睪丸，如何逐一進行綑綁、點紅、充氣、脫毛等殺豬程序，之後以「因為我們人類，豬從來就沒有在這個世界上生活過，牠的一生是夢幻的。牠的死支離破碎」短促作結，生猛繼之以詩意，殘酷代之以慈悲。畢飛宇尤擅以淺白如話的文字，展現真實動人的情感，〈分享就快樂·

蠶豆〉裡那位時刻願意承擔親人的痛，卻不願讓親人承受自己苦痛的「奶奶」，令「我」沉痛追悔，也教讀者感動心疼，然而這裡頭孩童的無知難以苛責，農民貧窮的宿命亦無從著力，也因此平白直敘的手法，更展現出素樸的力道。

全書七章裡，「手藝人」、「幾個人」兩章尤深得我心，一章寫民間手藝，兼涉創作心法；一章言亂世的萍水相逢，卻深刻得令人動容。「手藝人」裡有木匠、瓦匠、彈棉花的、錫匠、篾匠、皮匠、剃頭匠，每一節都扎實體現了畢飛宇來自民間的生活經歷，諸種手藝的專業背景，作者說來頭頭是道，相當不可思議。其中〈木匠〉一文寫得氣勢磅礴，談到「刨」的段落，尤其是滿溢生命感的書寫：

如果說，鋸是木頭內在的語法，那我只能說，刨就是關於木頭的修辭。刨提升了木頭，它讓木頭變得平整、光潔，——這只是表象。刨最大的意義就在於，它呈現了木頭的本質和氣韻。年輪，還有花紋，那是靜態的波瀾。每一塊木頭都是一棵樹的日記和成長史，暗含了木頭全部的祕密與隱私。相對於木頭，鉋子永遠是一位偉大的傳記作家，嘩啦一下，又一下，一頁，又一頁。往事歷歷在目。曾經滄海。

寫刨花而能如此詩意盎然，又豈是單純的手藝記錄所能比擬？至於〈皮匠〉談到女子為心儀之人納鞋，是古典的戀愛方式；寫女子納鞋時拿針、上油等動作的性感；寫纏綿而安靜的愛，審美觀獨特且細緻。作者且偶會在手藝書寫中蔓延出去講道理，如從彈棉花者言傳統文化對身體的輕賤，寫銅錫互兌「裡頭有一種勉強的氣息，很吃力，想顯擺，卻力所不及」，表面言庶民實相，卻有深意存焉。

一如作者自言，「小說的可信是通過人物的可信建立起來的，人物的可信又是通過人物的勞動建立起來的。」手藝人的勞動，是來源於生活與經驗的技能展現，文學自然也是一門來源於生活與經驗的手藝，它乏味日常，卻最能彰顯實相。

「幾個人」一章短短四篇，其中〈盲人老大朱〉堅持到鄰村乞討的行為，展現了卑賤的苦難，與相對高貴的人性尊嚴。〈黃俊祥〉一文寫父親對自己鍾愛的學生「幫」與「無法幫」的窘迫、還肉與不還肉的兩難，最後全家不得不吃了一頓豬肉的罪惡感，讀來真是百味雜陳。而〈陳德榮〉一文十年間更改至三稿，更可見作者對此童年玩伴深刻的記掛，行文中對當年邪惡與興奮心態的自剖、掌握道德優勢的感受與記錄，是內疚，也是誠實的自省。關於絕對真理、道德自信與寬容、自由心靈的辯證，更在迷狂的時代書寫裡浮凸而出。

畢飛宇嘗自言父母「用他們半輩子的不幸和屈辱替他們的兒子爭取到了廣闊。這是奢侈的。」在這本散文集裡，真確呈現出一個右派後代如何在沒有故鄉的遠方「造日子」，在尋常日子裡「造人生」、「造文學」。家中幾只熱水瓶帶來的知青俱樂部、草房子的底層經歷、生活與土地的鍛鍊，共同造就了一名蕩向遠方的作家。然而，波動的靈魂發揮想像力的前提，卻仍要根源於對大地、對庶民的愛與寬容。畢飛宇淺白的文字讀之往往令人酸楚，原因無他，因為那裡頭有經歷了漂泊人生、看過世事百態後，那份屬於農民與作家的善良，以及始終不被時代磨損的真淳本性。

木匠

◎畢飛宇

一棵樹，高大，茂密，無數的鳥圍繞著它，它最終卻變成了堂屋裡的一張八仙桌。這個魔術是誰變的呢？木匠。

一棵樹倒下去了，天空一下子變了。突然多出來一大塊藍天，這讓你措手不及。倒下去的那棵樹被它的主人砍去了枝椏，最後，只留下光禿禿的主幹。這個主幹被稱作「材」，長大成材的「材」。如果它太細，太短，那就叫「不成材」。把「材」破開來，那就是「料」。所謂「材料」所謂「是塊材料」指的就是它了。但是，相對於「料」而言，在粗和長這兩個硬性的指標之外，還有一個更加重要的硬指標，那就是直。想想吧，如果「材」是七拐八歪的，彎的，它能出多少「料」呢？很有限。農民的價值評判從來都是直接的，他們在一棵樹的實用性上看到了人的成長，——在長「大」之外，他還要求你長「直」。否則，你只是「材」而不是

「料」。如果你直而長，你就可以做「梁」，如果你又直又粗又長，你就可以做柱子，也就是「棟」。「棟梁之材」可是一個最高的評價，一般的人得不到的。

七〇年代中國有一個乒乓球運動員，今年（二〇一三）的大年初一剛剛去世，叫「莊則棟」。他的姓好，「莊」，——正的意思，名字更好，則棟。很符合邏輯。——他的父親是一位木匠麼？

一棵樹被砍成「材」依然是沒用的。植物和動物不一樣，動物說死就死了，植物不同，它的死需要一個漫長的過程。就說「材」吧，「材」依然有它剩餘的生命，它在第二年的開春還可以長出新芽。——這怎麼可以呢？一張桌子突然發芽了，或者說，一座房子突然長高了，那是要嚇死人的。

所以，哲學家說：「枝葉繁茂的大樹沒有資格成為廟堂的棟梁。」這句話有隱喻的性質。棟梁不可以枝葉繁茂，那是有所暗示的，——廟堂裡的人不能有太多的欲望，不能貪，不能有過旺的念想，不能動不動就枝枝杈杈。你得修煉，無欲、無求。像真正的木頭。

怎樣才能讓一棵大樹「死掉」呢？正確的做法是把樹幹扔到水裡，泡。泡上兩年、三年，這時候，一棵樹就真的斷了凡心了，它就成真正的木頭了。

然後呢，當然得把它從水裡撈上來。因為泡得太久，過於潮溼了，鋸子對付不了它。必要的手段是把它放在岸上晾，一年，也可以是兩年，——這時候就可以「出料」了。出料是一個力氣活，用的是大鋸。你得把樹幹像大炮一樣架起來，師傅在上，徒弟在下。師傅拉，徒弟推；師傅推，徒弟拉，木材就成了雪片糕，一片一片分開了。當然，這只做成了一半，你還得把木材倒過來，在另一頭鋸。兩頭的鋸縫一對接，一塊木板就這樣誕生了。你不必擔心鋸縫對接不上，「師傅」的精確性在任何時候都毋庸置疑。

這麼一說三、四年就過去了。想想也是，要成材，要做材料，沒有耐心怎麼行。

但是，「出料」之後的板材面臨著一個潛在的威脅：變形或者開裂。所以，定型是要緊的。你得把板材捆好了，接著晾，一年，或者兩年。如果省略了這個環節，悲劇將如期而至，好端端的木桶突然就能變成一把噴壺。

一棵高大的、茂密的樹在我們的記憶裡徹底消失了，生命遠走高飛，留下了親切的物質，它叫木頭。我喜歡木頭，我喜歡木頭的香，我喜歡木頭平整、光滑的手感，我喜歡木頭自由的、不可預測的花紋。我甚至還喜歡木頭的垃圾，鋸木屑和刨花。

鋸是木工的基礎，也可以說，是基礎的基礎。它嚴格執行事先的丈量，鋸是意志，鋸是邏輯，鋸是美好的規畫和預設。在一把鋸子面前，木頭只能按照人的意念各行其是。鋸的本質是分，分的目的是合。所謂木匠，其實就是讓木頭分分合合，最終呈現出人所渴望的樣子。

如果說，鋸是木頭內在的語法，那我只能說，刨就是關於木頭的修辭。刨提升了木頭，它讓木頭變得平整、光潔，——這只是表象。刨最大的意義就在於，它呈現了木頭的本質和氣韻。年輪，還有花紋，那是靜態的波瀾。每一塊木頭都是一棵樹的日記和成長史，暗含了木頭全部的祕密與隱私。相對於木頭，鉋子永遠是一位偉大的傳記作家，嘩啦一下，又一下，一頁，又一頁。往事歷歷在目。曾經滄海。

我第一次拿起鉋子的時候就能刨了。我喜歡刨這個動作，我喜歡看見刨花從我的鉋子裡翻滾而出，它的聲音好聽極了。一位老木匠看著我的動作，稱讚說：「這小夥將來能做木匠。」是的，我是一個木匠，一直都是，我把大地上一棵又一棵樹「打」成了屋裡的器物。因為老木匠的讚揚，我來勁了，我在平平整整的木板上刨出了一個坑。

我想我該說一說關鍵的一點了，無論是鋸還是刨，那都是年輕木匠的事情，也可以說，是徒弟的事情。師傅一直坐著。他在鑿。人們不太在意鑿，我也是長大了之後才意識到鑿的難度和含意的。——鑿什麼呢？鑿榫頭。為了對接，榫頭都是由兩個部分構成的，一頭公，凸出的那個部分；一頭母，凹進去的那個部分。當所有的公榫頭和所有的母榫頭對接起來的時候，一件器物才算真的誕生了。器物結實不結實，器物牢靠不牢靠，只取決於一點，榫頭是不是恰到好處。榫頭的大小、深淺、曲直都是關鍵，它對木匠的手藝是一個直觀的、殘酷的考驗。好的器物都有一個共同標誌，所有的榫頭，一公與一母，它們都匹配。是「天造」的一對和「地設」的一雙，像有情人終成了眷屬。是榫頭就必然有縫隙，這縫隙因為彼此的般配，嚴實了，反過來又天衣無縫。

我不知道算不算跑題，我想在這裡說一說箍桶。從大的方面來說，箍桶也屬於木匠活，但是，因為分工的細化，箍桶匠其實已經從木匠當中脫離開來了，成了一個獨立的手藝。

箍桶匠上門的時候事先都要帶上兩只金屬箍，一大，一小。這個是可以理解的，桶大多呈梯形，下面小，上面大。所以，一大一小的兩個箍就必不可少了。

桶是圓的。說起圓，就不能不說圓周和直徑的關係，——周長是直徑的三點一四一五九二倍。我估計大部分木匠都不知道這個具體的數字。他們只是從師傅那裡得到了一個「模糊概念」：圓周是直徑的三倍。知道這個並不難。

難在哪裡呢？難就難在「好看」上。站立在桶底周邊的木片必須等寬，簡單地說，每一塊木片都必須一樣大，否則就太難看了。——你如何讓一樣寬的木片連接起來之後正好等同於桶底的圓周呢？

沒完呢。我已經說了，桶都是梯形的，所以說，周邊的每一塊木片也必須是梯形的，下面窄，上面寬。這一來更麻煩了，你不僅要保證桶的下底是一個小圓，還要保證桶的上底是一個大圓。

還沒完呢。因為上下兩個圓，每一片木片的兩個側面就必須是斜面。只有斜面的木片與木片才能夠相互抵擋，相互擠壓，產生出支撐的張力，要不然就全散了。

這個斜面的坡度是多少呢？

在數學面前，我相信這些問題是簡單的，都可以「資料化」。但問題是，這是生活。哪一個箍桶匠會在研究了數學之後再去箍桶呢？說笑話了。他們也沒有能力、也沒有必要「資料化」。他們倚仗的都是他們的經驗，說得高級一點，他們所能仰仗的只能是他們的「模糊判斷」。這裡刨去一點點，那裡再刨去一點點，最後，所有的模糊加在一起，卻得到了一個無比牢靠的、無比精確的、不可思議的結果。一只精美絕倫的木桶產生了。這不科學。這僅僅是事實。一個普通的木匠跳過了美妙和複雜的思維，用他胡蘿蔔一樣粗糙的手指直接抵達了科學的彼岸。

在今天，每一個城市都活躍著眾多的裝修隊，這裡頭有一個規律，裝修隊的「包工頭」大多都是木工。一個能鋸、會刨、敢鑿的人，他們對付這個世界的能力都差不到哪裡去。我還注意到這樣一個現象：三十年前學木工的那幫年輕人，現在成「大款」的比較多。大款們多有錢了，但是「木匠」這門手藝已經死了。

●作者簡介

畢飛宇

一九六四年生，江蘇興化人，中國小說家，揚州師範學院畢業。曾任教師，後從事新聞工作，現為南京大學教授、江蘇省作家協會副主席。多部作品被改編成電視劇、電影。著有中篇小說《玉米》、《青衣》；長篇小說《平原》、《推拿》等；近作為大學授課講稿集結《小說課》。

自給自足的遊戲

——鴻鴻《過氣兒童樂園》

《過氣兒童樂園》是鴻鴻繼一九九五年《可行走的房子可吃的船》後，所出版的第二本散文集。就單一文類而言，這樣的寫作速度與數量自然偏慢、偏少；然而鴻鴻一直活躍於不同的創作領域，從詩、散文、小說，到紀錄片、電影、劇場、藝評等，多年來他在文壇與藝界，同時展現出豐沛的活力、多元的創意，也交出了漂亮的成績單。本書名為《過氣兒童樂園》，其實相當具體而微地表徵了多年來鴻鴻在文藝中遊走的樂趣與旨意。「我被延長的童年以比較個人的方式展開：興趣逐漸由文學延伸到具象的電影、舞蹈、劇場，到異域旅行，或是一再展開新的情感關係，似乎都是遊戲的延長。」在後記中，他相當清晰地傳達出「遊戲」在其生活與創作中的意義，「過氣兒童樂園」於是成為一自給自足的迴旋場域。

本書分為四輯：「無知旅人記事」、「過氣兒童樂園」、「幸福紀念日」、「三人行必有我」，主題分別是遊記、成長記憶、生活瞬間，以及人物寫生。我認為其中最好的篇章，多集中於旅遊文字。此輯雖名為「無知旅人記事」，然而卻充具了藝術家敏銳的觀察與取景能力，例如〈亞維儂象徵〉一文，便選取了相當視覺性的「迷宮」、「斷橋」、「高塔」三景，以鴻鴻一貫擅長營造的「劇場氛圍」，開展出種種旅遊映象。亞維儂的節慶月充滿嘉年華氣息，鴻鴻由迷宮般的地形、怪異裝扮的人群、魔幻場景的抒情書寫，筆鋒一轉，開始陳述羅馬尼亞國家劇院在應邀演出的旅程中，演員們所遭遇的種種人事安排與尊嚴的被踐踏；政治干擾藝術，反而形成更迂迴的迷宮。此一小節文字在想像與現實之中流轉交織，既夢幻又清明，文字且清美且冷冽，儼然亦自成藝術的迷宮。「高塔」一節則以《布洛德在塔上》的戲劇演出，轉入詩化的哲學層次，「正是在遠離亞維儂的這片草地上，我牢牢記住了亞維儂，以及在亞維儂的時刻，所經歷的幸福跟遺憾，並深深憶念著你的心情」。這是旅人孤絕美感的展示，它不是悖論，是真理。

同樣地，〈春天是一個女孩在夜晚的街角——愛爾蘭對話〉亦別出心裁地拈出兩項代表性事物：鄉土民謠、黑頭黑角的羊群，標誌旅人特殊的觀物眼光——「整個民族在酒館裡長大，戀愛，衰老了」；而全文採用的「自我對話」形式，又充滿了民謠般的自然風格與迴環美感，由此形成內容與形式的完美交融。其他如〈香港的臉孔〉在日常生活裡所見的文化觀察、〈我們的波西米亞〉文中對於街頭藝人的敬重：「比起他們喚醒匆匆過客生命中的情懷，我們回敬的麵包和酒錢是何等卑微」，在在可見作者敏銳又深富同情的觀察視角。

在表現手法上，鴻鴻的文字除了劇場氛圍的呈現外，尤善於詩歌般的隱喻。〈和媽媽看電影〉一文裡，寫自己年長後，獨自欣賞某些藝術電影的感受，有點像小時候一個人偷偷騎著小三輪車，「到不知名的遠方去看《魔鬼兵團》」；寫媽媽年歲漸老，亦每每以老花眼為由，在戲院中堅持遠離孩子，坐在最後一排的行徑，相當幽微地結合了成長過程中諸種事件線索，指出對於媽媽、對於「我」，或者對於所有影癡而言，電影都是每個人「不知名的遠方」，它的神祕、遼闊與無窮魅力盡在於斯。而〈森林之心——我的電影初體驗〉裡，寫自己在文學藝術中遊蕩的樂趣，「就像躲在電影院的廁所裡，同伴都已經跑光了，獨自忍受一盆水當頭潑下的恐懼，期待著一次值得拿整個生命去交換的經驗」，其中無盡的詩意與深情，亦相當耐人咀嚼。

當然，鴻鴻的遊戲性格還展現在本書眾多短小不及數百字的小品。簡單幾筆勾勒的場景，宛如一幕幕生活素描。其中固然頗多佳作，然而藝術家的筆觸，有時亦不免流於疏略潦草，太過於隨意輕盈的書寫，偶有輕慢文字之虞。此外，在全書的散文體例中，插入〈狗年除夕〉一詩，亦顯得突兀。〈你娘卡好〉則根本以篇名直接開罵，難掩其直露粗俗。類此篇章在書中出現，彷彿作者的遊戲也玩得太野了些。

最後不得不說，本書某些篇章中的觀點，顯露了創作者個人的偏執與局限，論詩或電影均然。然而整體而言，鴻鴻以薩伊德所謂「業餘者」的眼光，展現了多元、自由而獨特的創作視角，從而挖掘出不處於聚光燈下的日常奇蹟。如果你是個鴻鴻迷，從本書裡，你可以追溯紀錄片《台北波西米亞》的拍攝場景；可以與詩集《在旅行中回憶上一次旅行》進行自我記憶互文；也可以重溫《人間喜劇》、《空中花園》裡客串演出的爸媽，與紙本呈現的形象到底有何差異。於是對讀者而言，閱讀也成為一種自給自足的樂趣。這就是鴻鴻遊樂場的魅力。

森林之心

◎鴻鴻

許多年前，我還在念板橋高中。板中是男女合校，可是只有我們那班是唯一的男女合班，因為丙組就只有這麼一班。丙組真是很奇怪的一組，想當醫生的、做園藝的、學服裝設計的，還有我這個想考體育系舞蹈組的，全部被集中在一起。我和光光和王偉，是班上最胸懷大志、又對功課最心不在焉的三個死黨，全坐在最後一排，上課時偷偷玩自己的畫圖比賽：出一個題目，各畫各的，畫完了再放在一起評比。

我們三個全夢想著將來要拍「藝術電影」，但對電影何以是一門藝術，其實不甚了了。那年金馬獎國際影展不過第二屆，我們就十分上進地懂得蹺課、鑽圍牆破洞出去買預售票。大家零用錢都不多，講好了，看的片子各不重複，看到正點的再推荐給其他人。

在這樣的機緣裡，我莫名其妙看到阿拉岡的《森林之心》，男主角在森林裡追蹤一位隱遁的游擊隊英雄的故事。那時我完全不了解西班牙內戰，整個情節幾乎看不懂。其實當時許多電影我是看不懂的，也就硬著頭皮當文學名著看了。唯有《森林之心》使我深深著迷，我記得它的每個畫面：一杯擱在草地上、被雨水擊打的牛奶，一個當主角離開山洞、還留在洞裡揮手的影子，女主角抓著胸口的疥癬，一隻牛在路邊回頭，一首小孩哼唱的歌……。那種喜歡、但又不知道為什麼的神祕感，讓我強烈地觸了電，好像從前看的都不算是「電影」。

一個禮拜後，我們交換各自的片單。我的第一名是《森林之心》，光光和王偉的第一名都是香塔・艾克嫚的《安娜的旅程》。他們說，沒看過比《安娜的旅程》更「藝術」的電影了——片中每個構圖都是對稱的！

《森林之心》還有一場放映，可是我們口袋都已彈盡援絕了。我和光光剛好都買了當天前一場的票，決定看完後躲在廁所裡，混到下一場。散場時，服務員進來趕了兩三趟，威脅說再不出去，就要潑水了。我沒想到還有這一招，嚇得頭皮發麻，但發誓非再看一遍不可，只好死撐著不出去。光光熬不住，說：「我先走了！」他一離開，居然，下一場的觀眾便被放進場了。我鬆了口氣，如願又看了一遍《森林之心》。

這是電影引誘我犯的第一個罪。後來，有的電影會吸引我偷偷拍照、偷偷錄音、甚至在下片前一天偷光櫥窗的海報跟劇照，但再也沒有一部電影給我這種觸電的感覺。像初吻一般難忘。

多年後我找到機會，又看了一次《森林之心》，這回全看明白了，覺得確是情感深沉、意境獨特，但那種美妙的神祕感已經消失了。

直到今天，我在藝術與文學中觀賞、遊蕩、研究、創作，好像都是為了找回當初那種初吻的震動。就像躲在電影院的廁所裡，同伴都已經跑光了，獨自忍受一盆水當頭潑下的恐懼，期待著一次值得拿整個生命去交換的經驗。

● 作者簡介

鴻鴻

詩人，劇場及電影編導。曾獲吳三連文藝獎。出版有詩集《暴民之歌》等七種、日文版詩集《新しい世界》、散文《阿瓜日記——八〇年代文青記事》、《晒T恤》、評論《新世紀台灣劇場》、《邁向總體藝術——歌劇革命一世紀》及小說、劇本等多種，及《衛生紙+》詩刊（2008-2016）主編。擔任過四十餘齣劇場、歌劇、舞蹈之導演。歷任臺北詩歌節、圖博文化節、新北市電影節、臺灣國際人權影展、空總夏日青年藝術節之策展人。現主持黑眼睛文化及黑眼睛跨劇團。

情眷眷而懷歸

——吳鈞堯《熱地圖》

吳鈞堯《熱地圖》散文集別為二輯，篇幅長短殊異。輯二「別．念36」應是專欄文字結集，共卅六篇，多寫創作／生命最初的萌動，形式上彷彿一場短文實驗，題目大量濃縮文意，有時彼此對舉，如〈溺溺藍海中〉、〈雷雷響午後〉之類。內容則多採取以引（作家）文導入自身經驗與場景的重塑模式，事件敘述的節奏明快，最後短促作結、戛然而止，以收餘響不絕之效。這是寫作者技藝的自我磨練與創造，有些文字後來且發展為長篇散文，然而偶爾省略太多，行文亦難免跳躍不清。輯一「離．思30」則收卅篇較長的文字，其中多篇曾收入各年度散文選，展現出作者十年創作成果斐然的功力。

既以「離思別念」命輯，作者念茲在茲的意念便相當清晰，全書多寫故鄉金門，原由何在？吳鈞堯自言「我沒有長大，是因為當年，沒有好好分別。」十二歲離鄉，漂泊於臺北三重，故鄉遂成為其記憶與現實生活裡必須不斷回返的所在，金門不僅是地圖上標示自我位置的座標、是自我定錨的所在，更可能是贖回自己的唯一方式。成年之後的作家乘航線，往返找線頭，而思緒紛雜多方，又當如何尋繹？如何收拾？在金門烈亮的夏日裡，「熱地圖」是一張各自取徑的藏寶圖，而吳鈞堯所拉出的線頭，則繫在形而下的「酒食」與形而上的「鬼神」之上。

書中寫家鄉的美酒與飲食，頗有以個人史映照戰地的記史、存史意味。吳鈞堯筆下的金門美食，實則皆是「不夠大器」的小吃，所謂麵線糊、蚵煎、鍋貼、廣東粥之屬。而與其牽連更緊密的，則是標誌著村落特色的花生、玉米和烤蟬，因為那裡頭含藏了昔果山的童年回憶，吃食間一動念，「於是就有天、地、人，就有往昔、現在跟未來，就有情、有念」。此外，童年裡關於飢餓的深刻記憶，實則也表徵了思鄉之情不得滿足的匱乏，作者既以吃食寫對鄉情的孺慕，也以此承載歲月人情之廣袤。

吳鈞堯且擅寫鬼神，〈身後〉記載民間種種騙神的習俗，無非為求幼子順利成長，舉凡穿女兒服、謊報生日種種舉措，正為躲過惡神的覬覦。又寫長者拜神、拜祖先，每每立於子輩、孫輩身後為之拈香祝禱，所求亦無非浮生裡平安健康的願望，「身後」於此乃兼有了故去與傳承的雙重意涵。此一傳承概念貫串全書，以回憶為橋梁，排隊、接龍種種意象反覆出現，成為吟唱的主旋律。中年父者寫父輩、寫子輩，前途後路，上下求索，無非因為唯有經過歷史，才能看到現在、想像未來。

在吳鈞堯的地圖裡，多神的金門向來敬天畏神，而在虔敬的儀式裡則包含了物質的滿足、精神的依託與信仰的建立。祖先、家族、鬼神的傳承與生死思索，是凝聚故鄉圖像的方式，尋根溯源，沿圖索驥，作家乃有了「我來自暗處，但知道，暗處亦自生輝」的自足與自信。

身後

◎吳鈞堯

金門多神，神在廟裡，威嚴如城隍；神在紅絲帶圈圍起來的大石頭跟大樹中，洋溢喜氣與神祕；神也在沿海陡坡，一座高三尺、寬兩尺，深不及三十公分的水泥砌牆內。要到這座廟，得在走向大海的小路旁彎轉。路更小了，芒草跟九重葛爭搶地盤，相思樹跟木麻黃拚奪天空。我們從它們中間小心地穿過去，為神貢獻一分虔誠。

坐落陡坡，處亂石與土沙之間，是這座廟的有趣之處。我常利用祭拜空檔，在附近的散兵坑跳上跳下，或撿拾光華平整的石子玩，有時候則找著幾截斷玉，揣測玉從地上鑽出、或由天空落下？母親喊住我，移一小塊空地，讓我跪著，立身後，舉我手，向神喃喃祈禱。

三十年後，這座因金門機場擴建而移除的廟，幾乎撤出母親的記憶。祭祀是大人與神的世界，母親不記得時，我只能提供有限的線索，拿紙筆畫出廟跟村落的位置。

母親恍然大悟，卻說不出三十年前那一場場聲勢盛大的進香團，拜的是哪一位神祇。母親反問，你當時那麼小，怎還記得啊。

我記得的，是祭祀的顏色、廟前的小空地。我們必定曾在春日漾漾或秋陽依依的時光，蜿蜒而行，抵達目的。然而，廟、陡坡，以及站在廟前即可望見的海，卻以灰底儲存。像一條河從空中航過，水花飛濺兩岸，灑落人間，非霧非水，而變作一種色調。小空地在廟前，卻不僅在廟前，而在母親跟神的約定之處，我，以及其他孩童們跪、再跪，祈求、再祈求。

直到而立之年，才知道我有兩個夭折的哥哥，一次村裡拜拜，專程與父親回鄉參加繞境，問父親哥哥們可有墳塚？葬於何處？父親搖頭，說他不記得了。彼時，父母親必紛亂而徬徨，死一個哥哥，肉體卸了，死兩個哥哥，靈魂垮了，他們必定問神，可曾作孽；又問神，今生罪愆或前世因緣？他們上山耕田，揮鋤頭耕作都怕田中埋有墓碑碎塊，扛負神轎繞境必得一遍遍念佛號，驅除不淨與不敬？

那樣的每一天，無論天亮天陰，都是黑天，是父親或他的兄弟，把穿戴整齊的兩個哥哥，夾帶於腋下，一手扛鋤頭，走向荒山。姊姊之後，我降世了，然而，我是一個人的我、還是三個人、或者更多人的我？

父母接受廟公、江湖術士或者爺爺、奶奶，親朋好友的意見，他們決定騙神，拿起姊姊的衣服，往我身上套。姊姊叫大麗，我就叫小麗，並當了遠房伯伯的義子，父母留我在身邊，卻在形式上推我到邊緣。

母親為我騙神，也為我求神，她知道哪些神得求、哪些神得騙？騙哪些神我不得而知，拜哪些廟我多還牢記。譬如榜林通往後浦，一座矮廟矗立路旁，廟前一渠雜水，時流時斷，雨春過後，水漲滿，蟾蜍紛紛跳上來，我坐在廟前石階，看見濃霧遮木麻黃，旋即淹沒地瓜藤，不多時，我跟母親、還有廟，都在深霧中，見廟內燭光定定燒騰。也許四處拜廟，廟內雖光線微陰，反是一種溫暖，村內的廟成了我遊戲跟午睡的地方。

廟內真正的陰暗，是一口掘在廟內的地上甬道。甬道以鐵皮掩著，我曾雙手穿進鐵皮與地板隙縫，使勁搬移，卻文風不動。我午睡時，偷望著它暗黑的接縫，想像這一口暗黑，既有廟與大神的鎮壓，甬道內能多暗、能多黑？後來，堂哥召集玩伴，合幾人掀開，嘩啦一聲，鐵皮歪倒另一邊，再嗡嗡作響，如負傷的守衛。堂哥等拎手電電筒，循階而下，通抵廟前十多公尺遠碉堡，轉彎，百來步，接鄰居家的防空洞，前走百來米，銜另一個甬道，再走，就到村外的營區。母親知道，著急問我，可曾跟著走？我說沒有，母親不信，當天多燒幾道菜，擺菜肴上板凳，焚香膜拜，押我跪著，喃喃地說弟子不懂事，請神原諒。母親擔心坑道陰氣重，鐵皮掀，邪氣走，我身子孱弱，怕我中邪。

母親讓我拜神，也教我拜人。先祖生辰與忌日，大廳供上蔬果雞鴨，左右蠟燭，猶如千里眼、順風耳，阿嬤、伯母跟母親，逐一拈香祈禱，我跪在大廳，看雞鴨蔬果的時間還比列祖列宗牌位來得多，母親的祈語實在太長了，我終於還是會移開眼神，看著日復一日，被香柱燻得老黑油亮的牌位，這時候，母親的聲音就在腦勺上、雙耳間，一字一字親密地、謹慎地傳過來。啊，天公伯仔，你要保庇，觀世音菩薩、恩主公、玉皇大帝、關聖爺、城隍爺、灶君、月娘，你要保庇弟子吳鈞堯……

後來許多次，我因洽公或參訪回金門，得暇回家總在深夜時。大門不鎖，我推入，過中庭，見廳堂點了幾盞雞心小燈；走進廳堂打開燈，望著列祖列宗牌位，與懸掛牆上，阿公、阿嬤的遺像。

我沒跪，喃喃站著。我站著，就是一種語言，回憶從星空下飛掠而過。有那麼一次，父親返家，我恰帶孩子受邀參訪，在夜裡回家。孩子不是第一次回家，看見樓梯斜斜架著，通抵廂房屋頂，嚷聲說好好玩，爬上去。屋頂上還瞧見很遠很遠的天外，一點餘暉，胭脂般，如同祭拜七娘媽的粉餅。七夕拜七娘媽，在這個屬於情人或女人的節日，母親還是叫我跪拜，並在祭祀後，讓我手持胭脂粉餅，拋上三合院屋頂，我跟孩子多年後上樓，還記得當時的懷疑：粉餅哪兒去了，真教七娘媽拿去裝扮？我趁最後一點餘光掃過屋頂，如同三十年前在祭拜後的第二天，架樓梯上樓。

屋頂空，木麻黃枯葉絡絡如髮；屋頂仍空，小孩卻在驚呼，下不去了。

父親回鄉，不住老家，仍常來閒坐焚香，我點三炷香，讓孩子跪著，立在孩子身後，喃喃地想說什麼時，母親的禱告詞，忽然變得模糊，我舉起孩子的手，訥訥地說不出話。我想，儘管我沒說出，可神還是聽得見，默默地在心裡說：禱念孩子的身體、課業、人生，念著父母、妻子的健康，數著一張張我為之祈求的面孔。

然後我問孩子，認得懸掛牆上的阿祖嗎？他認出那兩張遺照也掛在父母的三重舊家。爺爺、奶奶的遺照，無意中成為時間課材，教懂孩子歷史。孩子小時候不說我們家，卻說我們家族：他定義的家族卻貧乏得很，只有他、我跟妻子。我說不是的，爸爸的上頭還有爸爸，那就是阿公了，阿公當然有爸爸，我得喊阿公，你得尊稱阿祖，阿祖自然有男有女，他們當仙去了，他們就是掛在牆上的這兩張臉。

有一年清明節，電話急響，才接通母親就急罵，你們怎還沒出門？大家都來了，等著你，連阿公、阿嬤也等著你來。這什麼意思？清明祭祀後，母親必持筊杯問祖，可否撤了祭祀，讓後人享用菜肴，可幾次擲筊總是不允，最後問，是不是我還沒來，不准他人先開動，竟一擲中的。

進舊家客廳，我們為貪睡而愧疚，跪成一排，跟先祖、爺爺、奶奶致意。母親燃香，一人三支讓我們拿著。我越長大後，背後可以容放母親的位置也越小，而今，母親站在孩子後頭，雙掌合十，緊貼孩子的手，舉高禱告。母親再繞到我身後。我忽然想起，上一回，母親站立我後頭，舉我手，喃喃地向眾佛、向列祖列宗禱告，是十多年前的事了。

我著深藍西裝，從板橋迎親回。舊家小，客廳狹隘，父母、舅舅、阿姨、嬸嬸、兄姊等親友，如一碗添得飽滿的甜湯，溢出門沿，剛到公寓入口，已聽得甜湯喧譁流瀉。隔著白手套，察覺妻的手已然汗溼，我微握她的手，往樓梯走。

對於婚禮，我記憶深刻的是一拜、再拜、又拜。實不知除眾佛與列祖列宗之外，一落一落坐在長椅，接受我跟妻子禮敬者，是哪些親長？是疲累，也是狼狽了，一股暖溫忽從背後接近，母親立在我跟妻子中間，分左右，舉高我與妻的手，在巨大的甜浪之間，母親的聲音嚶嚶嗡嗡，如一隻細蚊，她跟眾神，以私語溝通，低卑地表達虔敬。我清清楚楚聽見的每一個音，都是不識字的母親，從小為我朗讀的字義。

不知母親察覺久未立我身後，為我祈求，為彌補十多年的空白，還是我遲來，總得久跪祈禱，竟念得久久。母親的禱告詞較往常長。以前她是母親，上有父母兄長、旁有丈夫、下有兒女；現在外婆外公、阿公阿嬤已入仙籍，得祝福祂們衣食保暖、精神氣爽，而當了神，更得保佑後代子孫哪。

三姊在一旁開玩笑，都跪了那麼久，夠了吧。母親像是沒有聽見，舉我的手到額前，再放置胸口。

我察覺到他們正看著我。妻子、三姊、小弟，還有我的孩子。我看著他，以眼神跟他說，我是你父親，可我也是，我母親的孩子。

漸漸地，我看不到他們，聽不見他們。

大霧中，廟內兩盞紅燭醒亮，拜拜後，母親說，廟離榜林近，找外婆去。外婆在霧中的庭院裡剝四季豆，她的髮比霧還白。見女兒帶外孫來，忙抖弄衣襬，不到門口卻先進廚房，煮一鍋麵條。

無聊的霧啊，讓什麼都看不見，沒有蟾蜍跳進中庭，只一對聲音，在廚房又眨又跳。

● 作者簡介

吳鈞堯

一九六七年生，金門人，中山大學財管系、東吳大學中文所碩士畢業。曾任《時報周刊》編輯、《幼獅文藝》主編，現專職寫作，為金馬書寫人物代表之一。曾獲金鼎獎、時報文學獎、聯合報文學獎、梁實秋文學獎等。著有《金門》、《遺神》、《熱地圖》、《孿生》等；近作為小品文集《一百擊》、《回憶打著大大的糖果結：給孩子的情書》。

櫻桃心的酸甘況味

——徐國能《綠櫻桃》

雖說「少年老成」本是徐國能自出道以來所展露的夙慧、所現身的一貫姿態，然而新作《綠櫻桃》文字承何其芳、徐志摩餘緒，語彙明麗如盛夏，情感卻又滄桑若冬暮。少年徐國能已真切行至茶煙半涼的中年微近，即使在對月靜坐的辰光裡，亦不免憂懣滿懷，彷彿身後拖曳著長而沉的影子。人生行旅，是生活縫隙中爬行的壁虎，字裡行間乃有客途秋恨，乃有抑鬱中獨語的憮然。凡此過早的體悟，都使心境與詞彙間形成了尖厲的對照。

然而徐國能又自有文人與詩者的儒雅，在何、徐文字的典麗色調裡，他寫竹寫梅、感物體物，內蘊又沾染了梁實秋、董橋等學者風的吟詠。城市的窄窗下，他嚮往著蘇軾的清曠與放逸，而諸如「枕上的梧桐秋聲，茶盞前枯荷悲吟，都比不上打落在安全帽上、節奏單調的城市之雨那般動人，那般淒清」的描述，則將現代與傳統交匯於今昔無分的雨中，如是渾然天成、毫無違和感，且又能展露個人情境的字句，亦唯其方得以致之。

這是一冊中年之書。華美是鷹揚的餘緒，沉鬱是當前的感悟；明麗是青春的殘影，愴然則真正是老成的前奏。然而我不喜動輒言宣的諸種心事告白，我最愛的仍是

〈河〉裡那隱約的情感流動。行至中年，諸事掛懷卻又萬事無心，關於前塵紛紛的茫然、關於複雜幽微的母子互動，那些未寫出的遠比寫出的多得多，唯在生命之河的映照裡，繽紛的園花、熾亮的陽光、隻手的冰涼觸感、泛黃的爛牙一枚，乃有了事物之外的隱喻。

翻開書頁，讓我們看看作家在「夕照樓」的餘暉裡，如何勾勒流光輕易把人拋的諸般情致：從「春日散步讀康明思」，到〈夏日清歌〉、〈里爾克的秋日〉，行至〈冬之旅〉，季節遷移，作家亦動物而感興。而在四季陰晴的遞嬗裡，那場〈六月雨〉則彷如一種預言，青春夏日裡的重慶南路，有詩的萌發、有文學的滋養，而因由此最初的相遇，作家方能於日後的寒涼與倦怠裡，持續鼓舞生命內裡最細緻與幽微的騷動；在沉鬱的生活暗影裡，仍隱含著堅韌的甦醒，於是而有詩之興、文之興。

我不免低吟起書中所引顧城的詩作：「小巷／又彎又長／／沒有門／沒有窗／／我拿把舊鑰匙／敲著厚厚的牆」。文學，或正是作家對於凡俗塵囂最執著的扣擊。而在綠櫻桃被甜膩糖水漬過的幸福之下，作家亦讓我們看到，內裡那櫻桃心的酸甘滋味，其實才是中年人生最深沉的況味。

河

◎徐國能

●園花寂寞

母親的花園離地面三米多，在她老公寓二樓的陽臺上。這麼多年了，花開花謝，我也弄不清母親栽蒔了多少植物，鮮豔的長春花、薔薇和聖誕紅，終年常綠的萬年青，小小的榕樹和詩一般的海棠，吐著幽香的茉莉，還有各式各樣攀在蛇木上的蘭花與複瓣的曼陀羅，以及我叫不出名堂的碧綠或妍彩，總是依尋節候，將人境廛居化為繽紛花房。

我每週回去探她兩回，在夜幕低垂的時分，如果我到的有點晚了，便見她在花木間眺盼，為我開門；而我離去時，下樓了，總還見她立花叢間目送我騎車離去。那些花木燦爛在季節中有時帶點寂寞；那立在花叢後，燈火闌珊處的身影總使我低迴。

●蓮池畔的垂絲

昨晚回母親那裡吃飯時，母親突然問我明天有沒有事，我說沒事。母親問我能不能陪她去看牙，她說有一顆牙已痛了一個禮拜，光吃止痛藥也不是辦法──「怎不早講，」我有些惱怒地打斷了她的話頭，「妳早說我今天就帶妳去長庚看一下……。」「太麻煩了，」母親有點畏怯，「你那麼忙，就明天，你陪我去名泰，我叫醫生拔掉算了，長痛不如短痛，只是要拔牙我有點怕，你陪我去我膽子大一點。」我問她真的不去長庚，她說不用。

母親雖然七十好幾了，一個人住在舊家，心臟不好，又重聽得厲害，可很少要我幫什麼忙，總說我太忙了不要擾我。上一回，已是兩三年前的事了，一個老街坊和她借了一點錢，遲遲不還，她邀我陪她同去問問，其實人家也很不好意思，當下就悉數還了。回家時母親很雀躍，連連稱讚我有用……我只能笑笑，說是感謝主什麼的。

今天的陽光很好，我過去時，母親正在陽臺上舀了泡著蛋殼的臭水滋養著那些壯實的草木呢。她挽著一個布包，好像要去郊遊似的下樓。一路上陽光曬得我冒汗，不過母親的手有點冰涼，我問她有沒有不舒服，她說沒有，只是沒睡好，遲疑了一下，她說老是做一些亂七八糟的夢，我問是什麼，她說就是公公婆婆（我已逝世多年的外公外婆）來找她，坐在客廳說想吃茶葉蛋，她趕快去廚房拿了兩個茶葉蛋出來，他們就不見了，她就醒了，睡不著了，一直到天亮。「不要擔心，不會有事的。」我喃喃自語，也不知她聽進去了沒。

名泰齒科雖然好像新裝潢過，不過實在是舊，診所裡連護士什麼都沒有，就一位老醫生。他溫和地笑了笑，問母親是怎麼了？母親說牙痛了很久，想拔掉算了。醫生診了一回，請母親去拍張X光片，看了一下片子，他便開始準備麻醉，我忍不住問他母親有心臟病，麻醉沒問題吧？他說應該沒關係。

靜候中，我坐在牆邊的長椅上，旁邊有幾本《普門》之類的舊雜誌，猛然想起了芥川龍之介的那個故事：「說來也巧，淨土裡有隻蜘蛛，正在翠綠的蓮葉上，攀牽美麗的銀絲。世尊輕輕取來一縷蛛絲，從瑩潔如玉的白蓮間，逕直垂向杳渺幽邃的黑暗底層……」

診間安安靜靜，玻璃門外的陽光熾亮，就像卡繆《異鄉人》中描寫的那樣，讓人迷亂與心慌，我不知道光裡有沒有一根垂自佛陀花園的銀絲，可讓我等浮沉中人得以攀援出生命的深邃暗谷。從前我們家住在一樓，前面還有一重高樓，陽光很難照進屋裡，幽戚得很，我少年時就開始駝背，我想這或許有點關係。母親很少和我講心裡的事吧，就算和父親離異的那一陣子，她也怕她的苦惱使我憂煩，她和我大姊講，二姊講，她們再轉述給我聽，要我想辦法——我又能有什麼辦法？

我站起來，那老醫生開始拔牙了，也許老人的牙本就鬆，手術沒多久就完成了。我看著一顆帶著鮮血與黏液的泛黃的牙「喀」地一聲放在銀盤子上，心中抽緊了一下。母親在躺椅上哼了兩聲，我聽不清她在說什麼。母親緊咬著紗布，面容扭曲，站起來的時候彷彿有點不穩，我扶她在那長椅上坐下，問醫生要不要吃消炎藥，他說不必，同時只和我收了一百元，並囑母親下週回診。

●生命樹

回家的路上，我們都很沉默，捷運轟隆隆地從頭上駛過，一個男人赤膊著在洗他的機車，母親的手好像暖和起來了，我問她以後去長庚看好不好，她搖搖頭；我問她中午有沒有東西吃，她點點頭；又問她有沒有不舒服，她搖搖頭。

回到家裡，我們在客廳靜靜坐了一會兒，看窗邊的草葉如此無憂。她含糊地說要我回去了，我問她中午是不是真的有東西吃，她點點頭，晚上呢？點點頭。她有點疲倦地笑了笑說謝謝我，一股悲哀感從心底湧起，我說感謝主，沒事的。

和往常一樣，她在小陽臺的群芳怒放中目送我離去。一路上騎著車，陽光耀眼，塵世紛紛，這條路原本是個不加蓋的大水溝，兩旁是竹林與菜圃，孩提時我們都說它是一條河。母親常帶我們在這河邊散步，她會用竹葉做一條小船，隨著河流，不知要流到什麼地方去？「在河的兩岸，長著生命樹，葉子不枯乾，果實也不斷絕，因為這水來自神的花園。樹上的果子可充食物，葉子乃為治病。」母親現在還偶爾在主日去聚會，不知她有沒有讀過《舊約・以西結書》的經文，將生命喻為一棵樹的先知的故事。

暖風柔拂，我想起那顆帶血的牙，想起那深藏的笑容以及風裡搖曳的花草，不知為何，我想找個什麼地方蒙頭大哭一場，可我沒這麼做。回家後，我努力微笑著對來關心的妻子說：沒事了，感謝主，沒事了。

●作者簡介

徐國能

一九七三年生，臺灣臺北人，東海大學中文系畢業、臺師大文學博士。曾任教於逢甲大學、暨南大學、淡江大學中文系，現任教於臺師大國文系。從事古典詩學的研究與教學，創作文類以詩和散文為主，曾獲時報文學獎、聯合報文學獎、全國學生文學獎、臺北文學獎等多種獎項。著有散文集《第九味》、《煮字為藥》、《綠櫻桃》、《詩人不在，去抽菸了》等。

如夢般的惘惘生死間

——張維中《夢中見》

《夢中見》是張維中的第五本散文集，前此他亦出版過短篇小說、長篇小說集及少年兒童讀物各多部，是早慧且勤於筆耕的創作者。此書之所以引我注意，源於報端曾刊登〈中東〉一文，寫父子情感，以輕馭重，瑣碎中別具況味。而全書最動人的篇章，果然多屬述父親相關筆墨，其中情感的深淺表露，在在令人低迴。

父親過世以及作者旅日期間親歷的東京三一一大地震，生死之間兩大轉折，都是震動生命的大事，也構成《夢中見》輯一的主體事件，作者以「生命的模樣」名之，意甚顯豁。其中〈夢中見〉一文記錄了幾段夢境裡父親的形象及言語，較為特殊的是，除了場景重現之外，作者再三強調，無論夢境中或夢醒後，他都在詢問、或想重新詢問父親的看法，關於日本政局、關於父親在夢中被縮小的形象、關於回憶夢境當下自己所處擁擠的電車景象等。於此情境記錄裡，父子關係似親人又似採訪對象，字裡行間微現冷調的劇場風味與黑色幽默，但在文字背後，卻可覺察出作者渴望與亡父對話的心情（雖則生前他所說出的話，也常是些無厘頭的幻覺）。凡此彷若置身事外的設想以及清淡筆觸，背後自有深情湧現。

〈中東〉一文裡，作者再度展現其冷調的幽默，由少年時父親遠從中東的來信開啟其異國想像：「阿拉伯很熱，火氣很大嗎？非得那麼用力寫字才行嗎？」對照晚年頻寫狀紙的父親，字跡已變小、筆觸已變輕。而從那些再也辨認不出的字跡裡，延伸出其中或許包藏了關於未知的國度、關於父親內在的想法、關於真實世界的隱喻。一名大陸來臺、派遣中東經年的父親，一名赴日求學的兒子，「我們都沒有去過彼此的，對生命有深刻影響的那個遠方；我們或許都對彼此的異國生活，抱著一種像是東方世界投影似的，如夢的想像。」人與人之間彼此認識的艱難，以及身處於世間永恆的異鄉感，由此被逗引而出。張維中於文末輕輕點出人生的況味，那裡頭卻有無窮的回味。

父親的身影頻現於書中諸多篇章，其他如〈泳池畔的滋味〉、〈等待的早餐〉、〈靠山的家〉、〈雪的款待〉、〈又見香港〉及〈人生不就是這樣〉等文，處處可見作者於運動、飲食與旅遊間，無不思及與父親生前相處之片段，但筆觸同樣清淡日常，這就是家人與父親平素最自然的相處模式。

然而生命的無常往往就在日常中展現，〈那天以後〉裡有如是具體又深刻的警句：「原來災難從來不是黑暗的；災難可以是如此明亮，如此理所當然，坦蕩蕩地發生著。」寫日本大地震當下的陽光，也寫生命裡的暗影潛伏。其他如〈素顏夜色〉、〈救難包〉、〈寫真的隱私〉、〈洗淨記憶〉、〈底定之月〉等文，大約也都涉及震後心情與經歷，延續為災難散文的系列書寫。

因此《夢中見》輯一看似語調輕巧，內裡卻有沉重的主題。大震是背景、是惘惘的威脅，由此提煉出對於無常人世的應對；父親則是底色、是淡然的思念，由此溫習著往昔的相處滋味。父逝與大震，共同體現了盛世裡的淒涼、歡樂裡的感傷，於是人乃能回歸到最純粹的原點，對生命重作思考。

輯二「關係的意義」則集中於作者赴日學設計及進入職場工作，數年間點滴感受的分享，其中又別為兩大主題，一是關於日本文化的探討，例如「裝可愛」背後所展露的成人式童真、孩子氣卻不任性的另類「大丈夫」詮解等等。另一主題則是述寫日常人、物，由此見彼此的意義與關係，例如將冷熱皆宜的蜂蜜柚子汁，與山田君人格特質所做的類比等等。在〈隕石與流星〉一文裡，提到山田君想當實際抵達地表的隕石，而不是在天空就燃燒殆盡的流星，這段藉由新聞與日常對話所開展出的天文知識，無意中成為對於「關係」不同樣態的隱喻。絕美卻孤獨的流星、抵達地表卻碰撞出傷痕的隕石，二者或許也正是作者在人際關係拿捏上的猶疑與擺盪。當然，張維中承認了自己的孤僻，亦誠實書寫了「抵達地表」的摩擦，如與阿凱告別前的言語不歡、因直言而得罪朋友悠太君的感傷，以及人間蒸發的情人等，在種種關係的書寫裡，且偶會出其不意躍現觸動人心的沉重，例如質問相聚的理由、對於退場的思考等等。

《夢中見》其實以某些特殊的語言表述模式，展露出作者獨特的氣質與腔調。對於「稍縱即逝印象」的點染是其一，如以氣泡水形容青春的透明，味道、形色俱描摹得傳神而貼切；對電車中暖氣的觸覺體會，也令人隨之進入恍惚的瞬間。其次，是六年級世代特有的感覺結構與表述方式，例如設計是生涯規畫裡的「外掛程式」、在回憶的地圖上一一「打卡」等譬喻，也準確傳達出時代的鮮活感。然而作者更為特出的地方，其實在於那種自外於空間的隔絕眼光，與內在柔軟寬和的心靈交織而成的質地，他又冷又熱，文字如「殘雪後的冷冽空氣」，但內裡卻是一顆清澈、澄靜而溫暖的心，於是在平淡的絮語裡，讀者的心靈也獲得了最家常的熨貼。

中東

◎張維中

我媽說他從來沒有夢見過我爸。

當我告訴她，自從老爸過世以後，我曾經夢過他好幾次時，我媽便用一種有點不好意思的口吻，向我揭露這個事實。

其實不只是我媽，我的姊姊們幾乎也很少夢到過我爸。於是，家人們很自然的解釋就是：「可見爸爸最放心不下的還是你。」

終於，我爸走進了我媽夢中的那一天，他挑了一個很微妙的時間點。

那是在他過世一年多以後，我媽和我大姊、姊夫、外甥女一家人，一起來日本，我們去輕井澤旅行的那一夜。

在幽靜的歐風民宿過夜以後的翌日早晨，當我們吃完豐盛的早餐，大夥兒在草坪上散步拍照時，我媽突然用一種平淡中帶點故弄玄虛的口吻說：「跟你們講一件很奇怪的事。我從來都沒有夢見過你爸爸，可是，昨天居然夢到了。」
不知道為什麼，我們都忍不住笑了出來。大家的疑問是，為什麼並非是過去的任何一天，而恰恰好是昨天晚上，而且在輕井澤。

「他一定是想，厚，你們那麼好，全都跑來玩！」我大姊說。

我們追問，老爸在夢裡說了什麼？我媽笑著說：「他說他很無聊。我很驚訝地問他，怎麼會呢？你那裡不是有很多朋友嗎？」

老爸的骨灰罈供奉在五指山的國軍公墓。即使是同一個公墓裡，骨灰罈供奉的地點也會因為官階迥異而放在不同的地方。老爸因為生前任職國安局且為上校退役，故「居所」位置算是好的。跟他同期出身的朋友，過世了也是供奉在那裡，只是分散在不同的大樓或樓層。我們因此很自然地認為，他應該可以跟過去熟識的朋友常常見面聊天。

不過，夢中的他此話一出，我媽不知道該怎麼回應了。畢竟，這種事還真是他說了就算。然後，我媽的夢就醒了。

在我爸過世後的那一陣子，我頻繁地在夢中遇見他。隨時間流逝，次數也逐漸減少。偶爾就在我想應該不會再夢到他時，他卻又出其不意地現身。時間的線性依然是紊亂的。有時候像是回憶，有時候則是當下。事實上這些夢不定全是好的，驚悚的噩夢也曾出現過。

有一次，我夢到他整個人變得好瘦，令我詫異。我忍不住上前抱住他。更驚詫的是，當他看著我時，兩顆眼珠的轉動，竟然無法對焦成同一個方向。我嚇到了，幾乎是要哭出來，緊張地問：「怎麼回事？你怎麼會變成這樣？」

「我就是這樣啦。沒關係啊。」

被我抱住很久的他，最後淡淡地這麼說。

因為總覺得他到了彼岸以後，應該要過起更好的生活吧，而且確實在其他的夢裡也見過過得不錯的他，所以看到這個場景時，難掩怵目驚心之情。

那一晚，我在欲淚的情緒中一夜半驚醒。

類似這樣的噩夢，其實少之又少。而同樣深刻的夢境，還有兩次。

有一回，我夢見我來到一個半山腰上的地方。好像是陽明山上的某個轉角，可以俯瞰盆地景色。突然間，他出現在那裡。這次他的氣色非常好，臉色紅潤得不得了。我驚喜地問他，你怎麼會在這裡呢？他沒有回答，只是問我：「中中，你過得好嗎？」

這句應該是我的臺詞才對，被他給搶先問了。我有點激動地回答他：「我很好啊；你呢？」

他過來緊緊握住我的手，點頭直說：「很好、很好。」

我爸的手掌跟腳掌是以「厚實度」在家族中聞名的。那天在半山腰上，當他握住我的剎那，雖然很真切地明白知道此刻是夢，不過，他手掌的厚度與溫度，卻有一股無法解釋的真實。

最近一次，是某一天我在非常疲憊的狀態下準備入睡時，恍惚中夢見他。失眠從來不是我人生字典裡的詞彙，但是那一天卻不好睡。

好不容易終於開始入睡卻在夢裡見到他時，坦白說我有點不高興。他跟我說了什麼呢？我已經記不得。但我想絕對是不怎麼重要的事情。總之，我真的太疲倦了。我想好好睡一覺。

「我好累了。拜託你也快點去睡啦！」

所以，我竟在夢裡講出這麼寫實的話來。

要是別人聽到，可能覺得我的態度很不好。對爸爸，而且還是特地來夢裡的爸爸這麼沒有耐性，不是件好事。

不過，第二天早上回想起來這個夢境時，我並沒有內疚。相反的，我的心底浮起股淡淡的安慰。

這才是真實的我們哪。老是在夢裡上演著驚悚劇或者溫情倫理劇，那並不是過去我們的生活。我們本來就是這樣偶爾會謝謝，偶爾會賭氣的一家人。

在他晚年重病，面對他無理取鬧的時候，即使盡可能體諒他的處境，但身為家人的我們，總不可能永遠像是日本百貨公司的店員那樣，擺出一張機械式無感情的笑顏。那些店員跟客人之間並沒有真正的感情，所以就算是被辱罵了，也覺得跟自己無關，照樣能夠專業地笑著回答。

可是，有感情牽絆的我們，反而會因此不耐煩，會偶爾對他生氣，拜託他不要再製造麻煩。相反的，他也會有對我們發飆的時候。亂摔東西、咬我們、口出惡言，甚至要我們全部去死，說幫傭全是惡魔的時候。

縱使如此，我們在同一個屋簷下繼續生活著，並不會因此記恨。那便是所謂的日常了。不是逢場作戲的真實，有時或許帶著憂傷，卻同時讓人感覺有股真切活著的安慰。

後來仔細想想，其實當我爸還在世時，我爸的存在，現身與退場，其實早就帶有了一點夢幻的況味。

他曾經因公派遣到沙烏地阿拉伯總共三次，每次約兩年。我是在他第一次與第二次出國之間出生的，那時候年紀很小，對於他的缺席沒有太多印象。等到他第三次去的時候，我已經是個稍微懂事的國中生。

阿拉伯是個什麼樣的國度呢？是有神燈跟飛天魔毯的夢幻中東吧？還有許多令人著迷的《天方夜譚》之傳說。當時的我只能從教科書、故事和報導裡，以及過去他所帶回來的東西與寄來的照片中，擷取一些片段的印象。

老爸三次進出中東，總帶回來一些對我們來說，甚至對當年一般的臺灣人而言，盈滿異國風情的稀奇物品。

比方說中東最知名的地毯和壁毯，還有用當地布料填塞而成的坐墊等等。每樣東西都有著炫奇的花紋，全是臺灣不容易擁有的物品。

我們家因此有一段很長的時間，都洋溢著中東風情。客廳地上鋪著好大一面阿拉伯地毯，牆上則掛著壁畫。我記得那壁畫有著我難以理解的風景。到底畫裡要傳遞的意義是什麼呢？我不知道。可是，當老爸遠在中東之際，我便是透過這幅壁畫，揣想他大概就是身在這樣一個如夢似幻的豐盈國度。

我偶爾會盯著壁畫看，甚至懷疑，晚上睡覺時，壁畫裡的人也會散場收工。別說不可能，畢竟那裡可是《天方夜譚》的場域。

阿拉伯當然不是只有毛毯而已。由於石油開採的關係，他們很早就比臺灣接觸到了先進的西方物質世界。託老爸的福，我們家因此有了一些在一九八〇年代，臺灣尚為少見的科技產品。比如精巧的數位攝影機。

在那個沒有網路的年代，他常常會從中東寄來一封封郵件。

他的每一個字都寫得非常用力，字跡的力道像是刻字一樣，而且大得霸氣。把信紙反過來，用手觸摸背面時，那些字簡直就像是印刷時的加工打凸。整張信紙無法平擺，因為他用力的字跡，呈現出不規則的皺褶，像被陽光吃過的痕跡。

阿拉伯很熱，火氣很大嗎？非得那麼用力寫字才行嗎？

讀著信的我，突然在想，不知道以這樣的力道寫出來的阿拉伯文，會是什麼模樣？像是心電圖一樣的阿拉伯文，被如此書寫著，是否躍動得更為亢奮？

可是我從來沒看過阿語系畢業的他、曾經在阿拉伯工作的他，寫過任何一次的阿拉伯文。

許多年後，我曾經在他罹患帕金森氏症末期，過世前的那幾年，跟他重提他過去寫信很用力的這件往事。

因為到了後來，他寫出來的字，小到看不見。而字跡就好像習慣用右手寫字的我們，忽然用左手寫出來的字一樣，完全沒有力道可言，全扭曲在一塊兒。

「沒辦法，沒有力氣拿筆了嘛。」他無奈地說。

可是他仍拚了命，每天要拿筆繼續寫字。

並不是為了寫什麼感人的家書或回憶錄。而是晚年的他，花了幾年的時間，每一天，他都伏在餐桌前寫狀紙。

他要控訴。他控訴過去幾次至沙烏地阿拉伯赴任時，因為派遣的所屬職務部署不同，導致他後來在退休金的累計制度上，變成年資有了中斷。他認為一切是因為聽從上級安排之緣故，所以本應具有連貫性才對。

總之，罹患帕金森氏症但頭腦仍清楚的他，覺得自己委屈了。說什麼都要控訴，向法院提出狀紙，告政府。

就這樣，他每天日出而作日落而息，除了吃飯和睡覺以外，幾乎就是在寫狀紙。幫傭用輪椅把他從房裡推出來，他就把一堆文件疊在桌上，拿起紙筆開始在餐桌前辦公。那些狀紙有些被受理了，接下來就是進入冗長的審議過程。有些石沉大海了，但他依然不死心，第二天換一個切入點，繼續寫新的。

看著坐在輪椅上的他，寫狀紙寫累到整個人都趴到桌上了，卻仍振筆疾書著，都覺得何必那麼折磨自己呢？我們當然也曾幫他。可是，愈是幫他愈覺得是個無底洞，讓他深陷在一個恐怖的惡性循環裡。

有時候他不理我們，會打電話找相關單位直接理論。可是他的鄉音太重，而且在病情的影響下，只要一急，話就說不出口，所以常常對方接聽了電話，都以為是惡作劇。被掛了電話的我爸，因此更火大，三番兩次摔電話。

他其實自始至終都認為，狀紙告訴，應該是一個家族團體的行動。每每在他寫完手稿並整理完所有檢附資料以後，就會要求我們幫他把手稿打成電腦列印稿，在某某期限內，到郵局掛號寄出。

可是他已經不能寫字了。所謂的手稿，只是密密麻麻的一片，像是螞蟻軍團過境的草原。完全看不懂他寫了什麼，當然也不可能幫忙打字輸入。

第二天，他發現我們沒有幫忙，就會大發雷霆。實在看不懂他寫什麼，只好拿著筆電坐到他旁邊，要他把手稿自己念出來，準備逐字輸入。只是，他戴著老花眼鏡，看著自己的手稿時，好幾次什麼話也不說。

「快點啊，爸，你快點念，我們幫你打完字，還有其他的事要忙耶！」

過了很久，他才開口，緩緩地說：「媽的，我自己也看不出我寫了什麼。」

好不容易打好了字，列印出來給他以後，他就進入校稿的階段。一份依照他希望打出來的稿子，往往被改得亂七八糟。上面當然就是爬滿了他的螞蟻軍團：要求我們按照他改的重新打字，於是，又回到看不懂他寫了什麼的原點。

有幾次他等不及了，就把手稿或校稿的版本直接寄到法院。法院跟我們聯繫了，說看不懂寫了什麼，於是原封不動地退回。

那幾年，大概就是不斷重複著這樣的事情。

老爸過世以後，很多遺物都處理掉了，不過他的這些狀紙則被保留下來。

「這是他嘔心瀝血之作，我哪裡敢丟。」我媽半開玩笑地說。

當年收到他從中東寄回來的家書，看著那些信紙上有如刻字的筆跡時，怎麼能料想得到，有一天，他寫出來的字是如此的大相逕庭呢？

那些螞蟻軍團，放大了，扭扭曲曲的筆畫，其實倒也像是心電圖。

我從來沒看過他寫出任何一個阿拉伯字來，可是一直盯著那些字時，我一度幻想著，會不會那其中根本就夾雜了阿拉伯文呢？

他真的知道他寫了什麼嗎？會不會他腦子想的是一回事，但其實寫出來的是另外一件事？也許藏了一個我未知的國度，像是過去他從中東帶回來的壁毯裡，無法得知其真義的世界。

在我不懂的字跡之間；在他晚年幻夢與現實的交錯之間。

最後一次，我和生前的他對話的那一天，我趕著要去機場搭飛機回日本。把行李拖到門口時，我回到飯廳的餐桌前，拍一拍正在「辦公」的他，對他說：

「爸，我要回日本囉，下次見喔！」

那次回臺灣，是我念完一年的早稻田大學日語別科之空檔。在那以前的一整年，我沒有回過臺灣。在那之後，就將展開兩年的專門學校設計課程。又是一個新的人生里程碑。

我爸點點頭，手上還是拿著筆，抬頭看了看我。他支支吾吾的，說了幾次「好好好」以後，又像要說什麼，可惜說不清。我估計也不是什麼重要的話吧，有點打發似的敷衍地說：「好啦好啦，你自己好好的，我走囉！」

他的反應不是很明確，可是，我沒有時間了。

那便是我和他有所互動的，最後一天。

而他也沒有時間了。

我有點在意，他究竟知不知道那一天當我說「我走囉」是要去哪裡呢？甚至也有些懷疑，晚年的他，總是反應曖昧的他，到底曉不曉得我來了日本是在做什麼事情呢？我媽說，他當然知道，只是沒辦法完全表達感覺。

他模模糊糊地認知著我在日本的日子，大概就像是我從來也沒認真搞懂過那些年他在中東的異國生活吧。

一個人長居過的異鄉，注定是會改變自己的生命方向。

而事實上，早在他的中東生活之前，當他十七歲那一年離開中國大陸，來到臺灣時，就已經實踐。那時候，他對臺灣以及未來的生活，是否有過任何《天方夜譚》似的想像呢？臺灣也許就是他心底的第一個中東，奇幻了他的一生。

我們都沒有去過彼此的，對生命有深刻影響的那個遠方；我們或許都對彼此的異國生活，抱著一種像是東方世界投影似的，如夢的想像。

而如今他又在另外一個，我想像不到的異鄉。

● 作者簡介

張維中

一九七六年生，臺灣臺北人。東吳大學英文系畢業，文化大學英國語文學碩士，後赴日旅居，早稻田大學日本語別科，東京設計專門學校畢業。現於東京任職傳媒業。著有散文集《夢中見》、《東京模樣》；小說《餐桌的臉》；旅記《東京小路亂撞》；少兒讀物《麒麟湯》等書。

國家圖書館出版品預行編目資料

生命的浮影：跨世代散文書旅／石曉楓編著. -- 初版. -- 臺北市：麥田出版：家庭傳媒城邦分公司發行, 2018.11
面； 公分. --（中文好行；11）

ISBN 978-986-344-549-4（平裝）

855 107017631

中文好行 11

生命的浮影：跨世代散文書旅

作　　者　石曉楓
書系主編　凌性傑
責任編輯　陳淑怡　張桓瑋

版　　權　吳玲緯　蔡傳宜
行　　銷　艾青荷　蘇莞婷
業　　務　李再星　陳玫潾　陳美燕　馮逸華
副總編輯　林秀梅
編輯總監　劉麗真
總 經 理　陳逸瑛
發 行 人　涂玉雲

出　　版　麥田出版
104台北市民生東路二段141號5樓
電話：(886)2-2500-7696　傳真：(886)2-2500-1967
發　　行　英屬蓋曼群島商家庭傳媒股份有限公司城邦分公司
104台北市民生東路二段141號11樓
書虫客服服務專線：(886)2-2500-7718、2500-7719
24小時傳真服務：(886)2-2500-1990、2500-1991
服務時間：週一至週五09:30-12:00．13:30-17:00
郵撥帳號：19863813　戶名：書虫股份有限公司
讀者服務信箱E-mail：service@readingclub.com.tw
麥田部落格：http://ryefield.pixnet.net/blog
麥田出版Facebook：https://www.facebook.com/RyeField.Cite/

香港發行所　城邦（香港）出版集團有限公司
香港灣仔駱克道193號東超商業中心1樓
電話：(852) 2508-6231　傳真：(852) 2578-9337
E-mail：hkcite@biznetvigator.com

馬新發行所　城邦（馬新）出版集團【Cite(M) Sdn. Bhd. (458372U)】
41, Jalan Radin Anum, Bandar Baru Sri Petaling,
57000 Kuala Lumpur, Malaysia.
電話：(603)9057-8822
傳真：(603)9057-6622
E-mail：cite@cite.com.my

書封設計　莊謹銘
電腦排版　宸遠彩藝有限公司
印　　刷　沐春行銷創意有限公司

初版一刷　2018年11月29日

定價／350元
ISBN：978-986-344-549-4

城邦讀書花園
www.cite.com.tw